Anna-Christa Strampfer

Bevor ich es vergesse …

Kindheitserinnerungen

Bibliografische Information der Deutschen Nationalbibliothek

Die Deutsche Nationalbibliothek verzeichnet diese Publikation in der Deutschen Nationalbibliografie; detaillierte bibliografische Daten sind im Internet über http://dnb.d-nb.de abrufbar.

2. Auflage November 2010
Copyright 2008 Anna-Christa Strampfer
Herstellung und Verlag: Books on Demand GmbH, Norderstedt

ISBN 13-978 383 706 3196

Anna-Christa Strampfer

Bevor
ich
es
vergesse …

Kindheitserinnerungen

*Wenn mich meine Tochter
nicht wiederholt daran erinnert hätte, aufzuschreiben,
was ich noch über unsere Vorfahren wusste,
wären diese Aufzeichnungen nie entstanden.*

Danke Kirstin

Diese Aufzeichnungen widme ich meiner Mutter,
der tapfersten Frau, die mir je begegnet ist.

Anna-Marie Kindel,
geb. Wölfer
geb. 14. Febr. 1914
gest. 26. Dez. 1976

*Ganz besonders möchte ich mich bei Jörg Schulz bedanken,
der bei der Erstellung dieses Buches viel Zeit investiert,
und mir mit seinem fachlichen Wissen zur Seite gestanden
hat;
sowie bei seiner Frau Mickey, die voller Begeisterung
dieses Projekt unterstützt hat.*

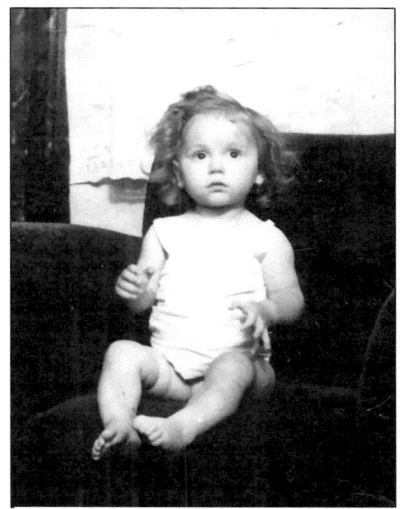

Anna-Christa 1938/39

Inhaltsverzeichnis

Vorwort

Die folgenden Erlebnisse habe ich niedergeschrieben, um meinen Nachkommen zu verdeutlichen, in welch einer Zeit meine drei Geschwister und ich aufgewachsen sind – wie wichtig der Zusammenhalt der Familie war, um all die Widrigkeiten der damaligen Zeit zu überstehen.

Je länger ich in meinem Gedächtnis kramte, desto mehr Erinnerungen kamen zurück.

Zurückblickend haben wir großes Glück gehabt.

Wir überlebten den Großangriff auf Hamburg, wir überstanden die Zeit in der sowjetischen Besatzungszone, und wir hungerten uns recht und schlecht durch die Nachkriegszeit.

Mein Vater kam so gut wie unversehrt aus der französischen Gefangenschaft zurück.

Was uns am Leben gehalten hat, war das Motto:

Nach vorn schauen, es kann nur besser werden.

Für meine Kinder Karl-Heinz und Kirstin,
und meine Enkelsöhne
Tim, Dennis,
John und Lennard.

Damit sie wissen, wo ihre Wurzeln sind.

Hamburg bis zur Ausbombung 1943

K ommt hoch, euer Vater ist zurück!" ruft meine Mutter aus dem Fenster zu meinem Bruder Oskar und mir herunter.

Wir spielen auf der Straße vor unserem Haus. Die Straße liegt in einem Wohngebiet in Hamburg-Barmbek. Das lassen wir uns nicht zweimal sagen. Wir wissen, dass immer, wenn unser Vater auf Landurlaub ist, eine Überraschung auf uns wartet. Mit unseren kurzen Beinen stapfen wir die Treppen zum 1. Stock hoch.

Meine Eltern 1942

Unser Vater steht schon, in seiner schmucken Uniform, mit der weiten dunkelblauen Hose, die vorne mit einer Klappe geschlossen wurde, dem großen weiß-blauen Kragen über dem Hemd, und dem komplizierten Knoten am Halsausschnitt, in der Tür. Er breitet die Arme aus, hebt uns beide gleichzeitig hoch, und schwenkt uns im Kreis herum, bis meine Mutter dem Ganzen Einhalt gebietet.

Vater bückt sich zu seinem Seesack herunter und zaubert aus dessen Tiefen Schokolade für uns und Parfüm für meine Mutter hervor. Beides Dinge, die in Deutschland Mangelware sind.

Mein Vater fuhr zur See, und jedes Mal, wenn er zurückkam, hatte er etwas Schönes für uns in seinem Gepäck.

Einmal kaufte er mir in Paris ein zartes Goldarmband mit einem kleinen Namensschild. Obwohl ich noch nicht lesen konnte, wusste ich, dass Papa hatte „Anna-Christa" eingravieren lassen. Ich trug dieses Armband so lange, bis

mein Handgelenk zu dick wurde und es mir nicht mehr passte. Jahrelang lag es danach in dem kleinen, mit Korallen besetzten, Schmuckkästchen meiner Mutter.

Unser Vater war das jüngste von sechs Kindern. Seine Mutter Martha war eine geborene Wulf. Ihre Zwillingsschwester Jenny war Hebamme und in Hamburg zu einiger Berühmtheit gelangt, weil sie bis dato die meisten Kinder in Hamburg auf die Welt geholt hatte.

Papas Mutter Martha

Genauso wie meine Tochter mich dazu gebracht hat, diese Erinnerungen aufzuschreiben, versuchte sie ihren Opa, meinen Vater, dazu zu animieren. Sie schenkte ihm dafür ein schönes, ledergebundenes Buch. Leider ist mein Vater nie über eine DIN-A4-Seite hinausgekommen, die als Kladde in diesem Buch lag.

In diesen wenigen Zeilen schreibt er darüber, dass er sich an seinen Vater nur vage erinnern konnte.

1916, der erste Weltkrieg war in vollem Gange. Sein Vater war auf Heimaturlaub, und die Familie saß beim Essen. Mein Vater hatte an dem Essen herumgemäkelt und von seinem Vater ein „Moors voll" (den Hintern versohlt) bekommen. Am nächsten Tag musste sein Vater wieder an die Front, und wenige Zeit später ist er in Russland fallen.

Nun war seine Mutter allein mit den sechs Kindern und besserte ihre schmale Kriegswitwenrente mit Näharbeiten ein wenig auf. Deshalb war mein Vater tagsüber oft allein auf sich gestellt und begann „Dumm Tüch" (dummes Zeug) zu machen. Zuhause wurde nur plattdeutsch geredet, und als er in die Schule kam, weigerte er sich trotzig hochdeutsch zu lernen. Auf den Rat und durch Vermittlung einer ihrer Kundinnen gab seine Mutter ihn dann in den Pestalozzi-Stift nach Groß-Hansdorf.

Mein Vater ca. 1923

Nach Erzählungen meines Vaters muss es eine raue, zeitweilig sogar rohe Zeit gewesen sein, sodass er so bald als möglich die Lehre in einer Gärtnerei begann. Dort arbeitete er viel und lernte wenig. Es gab wieder nur harte Arbeit und keine Anerkennung. Bei Nacht und Nebel heuerte mein Vater daraufhin kurz entschlossen als Schiffsjunge auf einem Frachter an.

Er verbrachte die folgenden Jahre auf verschiedenen Schiffen bei der „Christlichen Seefahrt". Er bekam viel zu sehen und war mit seinem Los wohl auch zufrieden. Die langen Liegezeiten in den Häfen machten es ihm möglich, fremde Länder und Kulturen kennen zu lernen. Papa erzählte uns die interessantesten Geschichten darüber. Die Ladungen der Schiffe wurden noch von Eingeborenen an Bord gebracht und von einem Tallyman überwacht.

Mein Vater etwa 1925

Uns liefen Schauer über den Rücken, wenn er von giftigen Spinnen oder Schlangen, die mit der Fracht an Bord gebracht worden waren, erzählte.

Die Zeit der Vorkriegs-Seefahrt war bei meinem Vater eingehüllt in pure Romantik. Hatte er mal kein Schiff, arbeitete er bei *Blohm & Voss* auf der Werft.

Von seinen Geschwistern war Otto[1] der Älteste. Er wanderte 1929 mit 22 Jahren nach Amerika aus und wurde Farmer, Hans wurde Koch, heiratete und bekam vier Kinder. Martha war kinderlos und geschieden.

Grete war unverheiratet und lebte später bei ihrer Mutter. Beide waren vor den Bombenangriffen nach Ostpreußen geflüchtet. Als die Russen näher kamen, versuchten sie zurück nach Hamburg zu kommen und sind wahrscheinlich mit der „Wilhelm Gustloff" untergegangen, denn aus der letzten Nachricht von ihnen ging hervor, dass sie von Gotenhafen aus mit einem Schiff zurückkommen wollten.

Jenny lebte in Barmbek und kam mit ihrem Mann und ihren drei Kindern am 8. Januar 1945 im Luftschutzkeller des Warenhauses Karstadt ums Leben.

Otto hatte immer den Wunsch, seinen kleinen Bruder Oskar, (meinen Vater) nach Amerika zu holen. Doch anfangs hatte er selbst um seine Existenz zu kämpfen und später, als

---

[1] Siehe Anhang Seite 119

mein Vater verheiratet war, wollte meine Mutter sich nicht von ihren Eltern und Schwestern trennen.

Mein Vater lernte meine Mutter während eines Landurlaubes kennen. Meine Mutter stammte aus einem gutbürgerlichen Haus. Ihr Vater hatte einen Großhandel für Eier, Käse und Milch. Sie war der Liebling ihres Vaters.

Ihre ältere Schwester Emilie besuchte eine „höhere Töchterschule" in Hamburg.

Meine Mutter als junges Mädchen

Dort wurden die Mädchen vorbereitet auf die Ehe. Sie lernten alle Fähigkeiten, die sie später für die Leitung eines eigenen Haushaltes benötigten. Für die Unterhaltung der Familie lernten sie obendrein das Klavierspielen. Im Gegensatz zu den „höheren Knabenschulen" musste für die Mädchen noch Schulgeld bezahlt werden.

Da meine Mutter schon immer musisch begabt war, kam sie für ein Jahr in eine Schule nach Groß-Hansdorf, wo ihre kreativen Seiten gefördert wurden. Das ging über Nähen, Malen, Klavierspielen bis zum Gärtnern.

Ihre jüngere Schwester Herta war ein zartes hübsches Mädchen. Leider wurde ihre linke Gesichtshälfte von einem Feuermal entstellt. Die zahlreichen Versuche es kosmetisch entfernen zu lassen, scheiterten alle. Um Herta nicht den Hänseleien der Mitschüler auszusetzen, nahm eine meinen Großeltern bekannte, Konsulsfamilie sie in ihrem Haushalt auf. Sie lebte dort wie die Tochter des Hauses und lernte nebenher die Führung des Haushaltes. Von den drei Schwestern spielte sie am besten Klavier.

Wahrscheinlich hatten die Eltern meiner Mutter sich auch einen anderen Schwiegersohn gewünscht, als einen einfachen Matrosen. Aber als sich nach dreijähriger Verlobungszeit mein älterer Bruder anmeldete, wurde am 6. Februar 1936 geheiratet.

Auf dem Hochzeitsbild ein langer schlaksiger junger Mann, daneben eine wunderschöne dunkelhaarige Braut, die sich einen Fliederstrauss vor den Bauch hält.

Meine Eltern - 6. Februar 1936

Danach ging es Schlag auf Schlag:

* 1936 mein Bruder Oskar Adalbert, von allen
         Oschi genannt
* 1938   ich, Anna-Christa,
* 1939   meine Schwester Helga Herta und
* 1941 mein Bruder Rolf Friedrich.

Weihnachten 1939 v. rechts Oschi,
Helga, Ich

Wir waren die Ergebnisse der Heimaturlaube.

Mein Großvater verwaltete damals ein Mietshaus in der Zeisigstraße in Hamburg-Barmbek, in dem er und meine Großmutter mit ihrer jüngsten, noch unverheirateten Tochter Herta wohnten.

Seiner ältesten Tochter Emilie, sie wurde von uns Kindern nur Tante Mie genannt, und ihrem Mann Henry hatte er schon eine Wohnung in dem Haus vermittelt.

Emilie hatte Henry Petersen geheiratet, einen richtigen „Hamburger Jung", der auf der Reeperbahn aufgewachsen war. Er hatte die blauesten Augen, die ich je gesehen habe, und er war ein Luftikus erster Güte.

Er besaß das Kapitänspatent für kleine Fahrt. Das bedeutete Ostsee und Nordsee, keine Atlantiküberquerung.

Nachdem er Emilie kennen gelernt hatte, schipperte er mit einer Barkasse durch den Hamburger Hafen, damit er abends zuhause sein konnte.

Henry und Emilie 1935

Später wurde ihm das Kapitänspatent aberkannt, darüber wurde aber nur heimlich hinter vorgehaltener Hand gesprochen.

Wahrscheinlich hatte er das seinem ungeheuren Alkohol-Konsum zu verdanken.

Onkel Henry war mein Patenonkel und liebte mich über alles.

Meine Eltern bekamen eine Drei-Zimmer-Wohnung in dem gleichen Haus. Schon damals war es wichtig die richtigen Beziehungen zu haben.

Der Blick von unserem Wohnzimmer, der so genannten „guten Stube", die nur an Festtagen benutzt wurde und für uns Kinder zum Spielen absolut tabu war, ging auf der einen Seite auf die Friedrichsberger Straße. Dort lag gegenüber, hinter einem hohen Gitterzaun, die Irrenanstalt Friedrichsberg – das heutige Krankenhaus Eilbek.

Bei ihrer Eröffnung war sie die modernste Klinik für psychisch Kranke, in der die Patienten nicht mehr weggeschlossen wurden. 1941 wurden von dort 605 Patienten im Zuge der Aktion „T4", der Euthanasiemorde, vom NS-Regime abgeholt und umgebracht.

Die „gute Stube" war mit schweren, dunkelblauen Polstermöbeln eingerichtet, und hier stand natürlich auch das Erbstück meiner Mutter, das schwarze Ebenholzklavier mit den Elfenbeintasten.

Von der Küche und einem Fenster des Wohnzimmers sah man auf die Zeisigstraße. Unsere Wohnung besaß einen langen Flur, auf dem man gut Dreirad fahren konnte. Am Ende dieses Flurs befand sich das Badezimmer. Mein Bruder und ich schliefen in einem Etagenbett im Kinderzimmer.

Eine Geschichte wurde immer und immer wieder erzählt. Als meine Mutter mit meiner Schwester schwanger war, legte sie Zuckerstücke auf die Fensterbank. Oschi erklärte man, das wäre für den Klapperstorch. Dieser würde sich den Zucker holen, und dafür bald ein Baby bringen. Dass meine Schwester dann trotzdem kam, obwohl mein Bruder den Zucker aufgegessen hatte, konnte dieser lange Zeit nicht begreifen.

Dabei fällt mir ein, dass wir, als wir schon etwas älter und aufgeklärter waren, meine Mutter immer und immer wieder fragten, wieso mein ältester Bruder schon knapp 4 Monate nach der Hochzeit geboren wurde.

Und jedes Mal wieder bekam meine Mutter einen hochroten Kopf und verteidigte sich damit, dass sie ja immerhin schon 3 Jahre verlobt gewesen sei.

Mein Vater war ein begeisterter Hobbyfotograf. Er machte wunderschöne Bilder auf seinen Fahrten. Diese Bilder wurden zu großen Teil in einer Zigarrenkiste aufbewahrt Die Kamera hatte meine Mutter zu ihrer Konfirmation bekommen, und erstaunlicherweise hatte sie den Krieg heil überstanden.

Eines Abends waren meine Eltern für einen kurzen Besuch bei meinen Großeltern. Als sie kurze Zeit später nach Hause kamen, saßen mein Bruder Oschi und ich im Nachtzeug auf dem Boden im Wohnzimmer, zwischen uns die Kiste mit den Fotos, und diese sorgfältig in kleine Stücke zerrissen und ordentlich auf einen Haufen getan. Wir nahmen ein Bild aus dem Kasten, sahen es an, und zerrissen es in kleine Stücke. Völlig ohne böse Absicht.

Noch Jahre später mussten mein Bruder und ich uns anhören, was für tolle Sonnenuntergänge wir vernichtet hätten.

Zu besonderen Gelegenheiten, und weil mein Vater natürlich immer das aktuellste Bild von seinen Lieben in der Brieftasche haben wollte, wurden wir fotografiert.

Das war ein Abenteuer ganz besonderer Art.

Entweder wurden wir drei Ältesten nur im Hemd, frisch gebadet und mit gestriegeltem Haar in einen Sessel gesetzt, oder wir mussten uns in unserem Sonntagsstaat an der Wohnungswand aufreihen. Helga in der Mitte zwischen uns, an beiden Händen festgehalten, damit sie nicht umfiel, denn laufen konnte sie noch nicht.

In der Zwischenzeit hatte Papa den Fotoapparat aufgebaut. Mama hielt einen Besenstiel in die Höhe, an dem der Beutel mit dem Blitzlichtpulver befestigt war. Nun musste sie nur noch rechtzeitig die dranhängende Lunte anzünden, und Papa musste den richtigen Zeitpunkt erwischen, um die Blende zu öffnen und wieder zu schließen.

Christa, Helga Oschi 1939/40

Wir Kinder warteten gespannt auf das Vögelchen, welches angeblich gleich aus dem schwarzen Kasten kommen sollte. Stattdessen erhellte plötzlich ein greller Blitz das Zimmer.

Wir fingen an zu husten und zu weinen, weil das Zimmer voller Rauch war. Mama trat hastig die heruntergefallenen Funken aus und Papa war damit beschäftigt, zu kontrollieren, ob der Versuch gelungen war. Danach war dann an ein weiteres Foto nicht mehr zu denken…

Eines Tages bekam meine Mutter das Mutterkreuz. Mädchen der Hitlerjugend standen singend und mit Blumen vor der Tür. Aber meine Mutter war gar nicht zu Hause.

Das Mutterkreuz wurde Müttern verliehen, die mindestens vier Kinder mit arischer Abstammung hatten. Der Witz an der Sache war, dass der Großvater meine Mutter Jude war.

Die Angst, diese Abstammung würde selbst uns noch schaden, hielt sich lange bei meiner Mutter. Ich erinnere mich, dass sie es mir während meiner Grundschulzeit nicht erlaubte, einen Stammbaum zu zeichnen und Ahnenforschung zu betreiben. Dies war eine Hausaufgabe gewesen.

„Deine Abstammung geht deine Lehrer überhaupt nichts an", war der Kommentar meiner Mutter.

Das blau-metallene Mutterkreuz war gestaffelt: Bronze ab vier Kindern, Silber ab sechs und Gold ab acht Kindern.

Meine Mutter hatte damit überhaupt nichts im Sinn, denn uns Kinder hatte sie bekommen weil sie meinen Vater liebte und nicht, um dem Führer einen Gefallen zu tun

Ab und zu war es meiner Mutter möglich, gemeinsam mit Oschi und mir meinen Vater auf dem Schiff zu besuchen. Bei solch einem Besuch war ich plötzlich verschwunden, gerade hatten meine Eltern noch mit uns und mehreren Matrosen an Deck gestanden. Sie suchten mich solange, bis plötzlich ein fröhliches „Juchhu!" aus dem Schwalbennest, dem Ausguck des Schiffes, herunter tönte. Einer dieser blutjungen Matrosen hatte mich bis nach oben mitgenommen.

Ein anderes Mal fuhr meine Mutter mit meinem Bruder und mir nach Elsfleth an der Unterweser. Dort lag das Schiff, auf dem mein Vater Dienst tat, zur Reparatur auf der Werft. Meine Mutter übernachtete mit uns in einem Hotel. Sie hatte kurz das Zimmer verlassen, und als meinem Bruder die Zeit zu lang wurde, spielte er mit dem Zimmerschlüssel herum und schloss uns ein.

Als meine Mutter zurückkam, stand sie vor verschlossener Tür. Nachdem alle Ratschläge, wie wir die Tür öffnen könnten, nichts nützten, wurde die Hotelleitung informiert. Inzwischen waren wir zwei so aufgeregt und durcheinander, dass wir vor lauter Weinen kein Wort von dem begriffen, was man uns zurief. Schließlich enterte man das Zimmer mit einer Leiter von außen.

Während der Landurlaube half mein Vater meinem Großvater, indem er Waren auslieferte. Mein Großvater hatte damals einen jüdischen Geschäftspartner. Auf der Plane des dreirädrigen Lieferwagens waren die Namen „Wölfer und Weiß" aufgedruckt.

Da man die Nazis nicht unbedingt auf den typisch jüdischen Namen Weiß aufmerksam machen wollte, klappte mein Vater einfach die Plane auf das Autodach, während er die Kasernen und Quartiere der Gestapo belieferte. Welch ein Leichtsinn!!

Gott sei Dank hatte der Herr Weiß noch rechtzeitig Deutschland verlassen können - Unter Mitnahme des gesamten Vermögens, das er vorher noch zu Geld machen konnte.

Als Entschädigung hinterließ er meinem Großvater einige holländische Aktien und Grundbesitzurkunden für zwei Häuser in Hamburg-Rahlstedt, die völlig nutzlos waren, denn diese Häuser wurden schon längst von 150prozentigen Parteifreunden bewohnt. Die Aktien waren nach dem Krieg auch wertlos geworden. Später waren alle diese Unterlagen nicht mehr aufzufinden. Man lebte in ständiger Angst, in Verbindung mit dem jüdischen Partner gebracht zu werden. Möglicherweise haben meine Großeltern sie verbrannt.

Der Großangriff auf unseren Stadtteil zerstörte dann endgültig die Existenz meiner Großeltern.

Während der Friedenszeit hatten die beiden ein großes Wochenendgrundstück in Rahlstedt-Oldenfelde gepachtet und eine bewohnbare Laube darauf gebaut. So hatten sie nach der Ausbombung wenigstens ein Dach über dem Kopf. Sie wohnten in der kleinen Laube und ernährten sich von dem, was sie anbauen konnten.

Nebenbei begann mein Großvater, ein neues Haus zu bauen. Kurioserweise aus den „gekloppten" Steinen unseres zerbombten Hauses in der Zeisigstraße. Zement und andere Baumaterialien wurden mit Naturalien bezahlt. Dazu gehörte auch der Kunsthonig der Fabrik Brockstedt in Hamburg-Mitte, wo meine Tante Herta arbeitete.

Eigentlich hatte mein Großvater dieses Grundstück nur gepachtet, um seinen eigenen Tabak anzubauen. Die Schneidemaschine, die Presse, sowie die Vorrichtungen zum Fermentieren des Tabaks wurden noch lange aufbewahrt.

Meine junge Mutter

Meine Mutter war eine bewundernswerte Frau. Man stelle sich mal in der heutigen Zeit eine Frau von knapp 29 Jahren vor, meist allein erziehend, da mein Vater ja zur See fuhr. Kein Geschirrspülautomat, keine Waschmaschine und vor allem keine Wegwerfwindeln. Dann die ewigen Sirenen, die den nahenden Fliegerangriff ankündigten. Vier Kinder zusammenhalten, die nötigsten Sachen einpacken und ab in den Luftschutzkeller auf dem Gelände des Krankenhauses gegenüber. Dort gab es ja nun keine Patienten mehr.

Ich selbst erinnere mich an weinende Frauen. Notdürftig angezogen, einen kleinen Koffer oder eine Tasche zwischen den Füssen, in denen die wichtigsten Unterlagen waren, saßen sie auf den Bänken. Die Blicke immer wachsam auf ihre Kinder gerichtet. Die Angst war fast greifbar in diesem Keller, wenn das Licht flackerte und der Boden bebte.

Ob man uns dazu angeregt hatte oder ob wir es aus eigenem Impuls getan haben, ich weiß es nicht mehr, wir Kinder spielten während der Angriffe immer „Die Meiersche Brücke",

Einige Kinder stellen sich gegenüber auf und bilden mit ihren hochgereckten Händen eine „Brücke".

Nacheinander, mit den hinteren Kindern angefangen, musste man unter dieser Brücke hindurchgehen.

Dazu sangen wir:

Die Meiersche Brücke,
die Meiersche Brücke,
die ist so sehr zerbrochen,
wer hat sie zerbrochen,
wer hat sie zerbrochen,
ein Mann mit seiner Tochter.
Der erste nicht, der zweite nicht,
den dritten woll`n wir fangen.

Bei dem letzten Satz fiel die Brücke in sich zusammen, und das Kind, welches dort gerade angekommen war, wurde gefangen. Wer als letztes übrig blieb, hatte gewonnen.

Nach der Entwarnung dann immer die bange Frage: „Steht unser Haus noch?" Immer war irgendwo ein Feuerschein zu sehen, wenn wir aus dem Keller kamen, und jedes Mal waren wir froh, dass es nicht unser Haus getroffen hatte.

Kamen wir zurück in unsere Wohnung, gab es oft kein Gas. Also keine warme Mahlzeiten, was besonders für das Baby fatal war.

Meine Urgroßmutter weigerte sich störrisch, beim Fliegeralarm in den Keller zu gehen. Sie blieb stets in ihrer Wohnung in der obersten Etage. Es war wohl ein Fingerzeig des Schicksals, dass sie bei einem Alarm gerade bei ihrer Tochter war. Diese nahm sie energisch mit in den Luftschutzkeller.

Mit Entsetzen und Erleichterung stellten sie nach der Rückkehr fest, dass eine Brandbombe durchs Dach, direkt ins Bett meiner Urgroßmutter gefallen war.

Seit 1939 gab es Lebensmittelkarten, doch die Beschaffung der Lebensmittel wurde immer schwieriger. Bohnenkaffee war Luxus geworden, man trank „Muckefuck". Dieser bestand aus gebranntem Roggen und Gerste, gemischt mit der Wurzel der Zichorie (Chicoree)

Papa als junger Matrose

Aus der „Christlichen Seefahrt" war inzwischen die „Deutsche Kriegsmarine" geworden. Mein Vater fuhr auf einem Minensucher und hat furchtbare Seegefechte miterlebt. Der Hauch von Romantik hatte der schrecklichen Realität Platz machen müssen. Später erzählte meine Mutter, dass mein Vater, wenn er mal auf Heimaturlaub war, keine Nacht durchgeschlafen hat, weil er die schrecklichen Kämpfe in seinen Träumen immer wieder erlebte.

War sein Schiff zur Reparatur im Hafen, bekam mein Vater Urlaub, musste sich aber zum Löschen der brennenden Häuser zur Verfügung halten.

Es erschreckte mich einmal sehr, als ich meinen Vater vollkommen angezogen und völlig fertig auf dem Ehebett liegen sah. Seine brennenden Schuhe hingen über die Kante. Meine Mutter und meine Oma bemühten sich, ihm die Schuhe auszuziehen. Er hatte vom Löschen brennender Häuser Phosphor an den Sohlen.

Das Leben in Barmbek wurde immer kritischer, und die Luftangriffe kamen in immer kürzeren Abständen.

Mein Vater beschloss, uns nach Hamburg-Bergstedt zu seinem Bruder Hans und seiner Familie zu bringen.

Meine Eltern hatten genug damit zu tun, alles unbedingt Nötige zusammenzupacken. Um mich abzulenken, musste auch ich einen kleinen Koffer für meine Puppe packen. Mit meinen kleinen Fingernägeln kratzte ich die Butter von meinem Brot und cremte meiner Puppe damit ordentlich das Gesicht ein. Dann packte ich meinen Puppenkoffer.

Doch dann ging alles ganz schnell und wir mussten los.

Meine Eltern wollten noch vor den nächtlichen Angriffen die Stadt verlassen haben und in Hamburg-Bergstedt sein. Uns Kindern wurden so viele Kleidungsstücke wie nur irgend möglich übereinander gezogen. Bei diesem Chaos blieb dann mein Koffer auf dem Bett liegen und wurde mit all unseren schönen Sachen Opfer des nächsten Bombenangriffs. Ich habe diesem für mich so großen Verlust noch lange nachgeweint.

Inzwischen hatte man sogar begonnen den 14-18jährigen Schülern ein Notabitur zu geben, damit sie eingezogen werden konnten. Sie wurden zum großen Teil als Flakhelfer angelernt, und viele von ihnen sind, bevor sie das Erwachsenenalter erreichten, gefallen.

Mit über 2 200 britischen Maschinen bombardierte man im Juli 1943 Hamburg. Bei diesem Angriff, er hatte den Namen Gomorrha, kamen 30 000 Menschen ums Leben.

Nach dem Abwurf der Bomben verfinsterte eine riesige Wolke aus Asche und Qualm den Himmel und nahm den Menschen die Luft zum Atmen. Mitten im Sommer hatten die Bäume plötzlich keine Blätter mehr.

Wir waren zum Glück gerade rechtzeitig nach Bergstedt geflohen. Mein Vater musste zurück nach Hamburg, um beim Löschen zu helfen. Doch gegen den Feuersturm waren alle Versuche, etwas zu retten, vergebens.

Mit meinen Cousins und Cousinen in Bergstedt
Von links: Joachim, Ich, Heidi, Klaus, Eva, Helga,
Oschi, im Kinderwagen Rolf

Zurück in Bergstedt, konnte er uns nur noch berichten, dass wir alles, bis auf das wenige was wir mitnehmen konnten, verloren hatten. Unser Stadtteil war nur noch ein riesiger, rauchender Trümmerhaufen.

Zwischen dem 28. Juli und dem 10. August 1943 wurde Hamburg pausenlos bombardiert. Die Briten griffen nachts die dicht besiedelten Wohngebiete an, während die Amerikaner am Tage die Industrieanlagen zerstörten. Sprengbomben zerfetzten die Wohnungen und vom Himmel regnete brennender Phosphor.

Ich glaube, meine Mutter litt am meisten unter dem Verlust ihres Klaviers. Sicherlich hat ihr das Klavier spielen die innere Ruhe gegeben, die sie brauchte, um diese schwere Zeit durchzustehen und vier kleine Kinder groß zu ziehen.

Sobald wir alt genug und unsere Finger groß genug waren, brachte sie uns den Flohwalzer bei, den wir dann bei jedem Besuch vorspielen mussten.

Bei meinem Onkel konnten wir auch nicht lange bleiben, denn er hatte selbst vier Kinder und es war hier auch nicht wirklich sicher.

Wir sollten nach Friesdorf evakuiert werden, dem Geburtsort meines Großvaters mütterlicherseits.

Dass diese Reise uns für viele Jahre von unseren Großeltern trennen würde, hat damals niemand gewusst.

Jetzt sind wir Flüchtlinge

Wir evakuierten also in den Südharz, nach Friesdorf, einem kleinen Dorf an der Wipper, in dem der Bruder meines Großvaters lebte: Emil Wölfer. Dessen Frau Lina wehrte sich erfolgreich gegen die Einquartierung ihrer Nichte, meiner Mutter, mit den vier kleinen Kindern, obwohl sie Platz genug hatten.

Emil und Lina hatten eine Tochter. Gertrud war etwas jünger als meine Mutter. Die beiden haben sich jedoch prächtig verstanden, und Gertrud

Mein Opa - Adalbert Wölfer, geb. 14. März 1882

versuchte heimlich, meiner Mutter so gut wie möglich zu helfen.

Eigentlich hätte Lina Grund genug gehabt, uns ihre Hilfe anzubieten, denn immerhin hatte mein Großvater, er war der Erstgeborene, zugunsten seines Bruders Emil auf sein Erbteil verzichtet. Und eben dieses Erbteil war die kleine Bauernstelle, in der uns nun niemand haben wollte. Das Haus war schon seit Generationen im Besitz der Familie Wölfer.

Der Hauptanbau bestand aus Linsen. Bevor der Krieg ausbrach, bekam mein Großvater jedes Jahr zur Erntezeit einen Zentner Linsen als Entschädigung.

Der zweite Bruder meines Großvaters, Willy, war etliche Jahre jünger. Er studierte, hatte später ein Patent auf ein besonderes Druckverfahren erworben, und eine eigene Firma in Leipzig eröffnet. Nach dem Kriege konnte er mit dem Geld aus der Wiedergutmachung eine neue Firma in Melsungen eröffnen.

Mein Großvater Adalbert Wölfer wurde am 14. März 1882 als Sohn von Anna, geb. Bartels und Gottlieb Wölfer geboren.

Er erlernte den Beruf des Schusters. Als er damals meine Großmutter Anna Caroline Jacob kennen lernte, war sie sehr

Anna-Caroline Jacob 1911

jung, erst 16 Jahre alt, und eines von 13 Geschwistern. Ihr Vater war ein selbständiger Schneidermeister mit einer gut gehenden Schneiderwerkstatt in Eisenach. Damals saßen die Schneider tatsächlich noch auf dem Tisch und Lehrlinge wurden nur gegen Entgelt ausgebildet.

Es lag also nicht unbedingt im Sinne meines Ur-Großvaters, seine Tochter mit einem Schuster zu verheiraten. Mein Großvater war mehr als zehn Jahre älter als meine Großmutter. Um nun trotzdem den Segen ihres Vaters zu bekommen und ihren Adalbert heiraten zu können, wurde sie prompt schwanger. Da meine Großmutter nicht das Leben einer Bauersfrau fristen wollte, arbeitete mein Großvater einige Zeit als Schlossverwalter auf der Rammelburg, einem Ortsteil von Friesdorf. Er kämpfte im ersten Weltkrieg, als er im Gesicht verletzt wurde und zeitlebens unter einem Splitter im Kopf litt.

Sie bekamen drei Töchter: Emilie, Anna-Marie und Herta.

Wie, wann und warum sie nach Hamburg kamen, entzieht sich meiner Kenntnis.

Anna-Caroline Wölfer, geb. Jacob 1912

Die Schwester meiner Mutter, Emilie, mit ihren zwei Söhnen Peter und Heino kam mit uns nach Friesdorf. Ein paar provisorische Nächte verbrachten wir im Hause Bartels, in dem Tante Mie mit ihren beiden Söhnen unterkam. Zusammen mit meiner Schwester schlief ich in einem engen, kleinen Gitterbettchen. Ich spüre noch heute die kalten Gitter in meinem Rücken.

Meine Mutter bekam für uns eine kleine Wohnung mit Küche in einem für mich sehr großen Haus. Dieses Haus gehörte der wohlhabenden Familie Lepsius, von der nun aber nur noch die alte Mutter und ihre Schwiegertochter hier lebten. Der Sohn war im Krieg gefallen.

Eine Wohnung im Haus war seit Jahren schon an eine Familie Görke vermietet, auch eine Kriegerwitwe. Sie lebte dort mit ihrer 12jährigen Tochter Ilse.

Die dritte Wohnung bekam meine Mutter mit uns vier Kindern. Als vierte Familie kam eine Frau aus Wuppertal-Elberfeld mit ihren zwei rothaarigen Kindern dazu. Auch sie hatte ihren Mann im Krieg verloren.

Bernhard war etwas älter als mein großer Bruder Oskar und als Spielgefährte ideal. Die Tochter war etwas jünger als ich. Später durften wir nicht mehr mit Bernhard spielen, weil er dabei erwischt wurde, als er mit uns Doktor spielte.

In der unteren Etage dieses Flügels war unsere Wohnung

Meine Mutter wurde von den Frauen beneidet, denn immerhin war mein Vater ja nur „vermisst" und sie konnte noch hoffen. Den anderen Frauen war dieser kleine Funken Hoffnung durch einen formellen Brief an sie genommen worden. Da nützte es auch nichts mehr, dass ihre Männer für „Führer, Volk und Vaterland" gefallen waren.

Das Haus war von Johannes Lepsius[2] erbaut worden, der 1887 eine Pfarrstelle in Friesdorf antrat. Sein Vater war ein berühmter Ägytenforscher. Daraus resultierte auch sein großes Interesse am Orient.

Um die Region um Friesdorf wirtschaftlich zu beleben, gründete er 1888 neben seinem Wohnhaus eine Teppichmanufaktur, in der er 40 Frauen beschäftigte.

Ein Teil der Gewinne wurden für die Missionsarbeit in Armenien eingesetzt. Einige Zeit später ließ er jedoch die Manufaktur demontieren und in Urfa in der Süd-Ost-Türkei wieder aufbauen, da er bei seinen Reisen nach Armenien festgestellt hatte, dass die armenischen Frauen unbedingt eine Beschäftigung brauchten, um für sich und ihre Kinder den Lebensunterhalt zu bestreiten.

Die Halle wurde nun Lager, Trockenraum für Wäsche, und vor allem war sie ein wunderbarer Spielplatz für uns Kinder.

---

[2] Siehe Anhang Seite 120

Zu dem Haus gehörter ein großer Hof, eingefasst von riesigen Kastanienbäumen.

Von hier aus sahen wir die Flugzeuge, die in großen Verbänden, beladen mit den zerstörerischen Bomben, Richtung Norden flogen.

Manchmal beobachteten wir Luftkämpfe. Wir sahen explodierende Flugzeuge, Soldaten die sich mit ihren Fallschirmen zu retten versuchten, die teilweise abgeschossen wurden oder deren Fallschirme sich manchmal auch nicht öffneten.

Einige Male landeten die abgeschossenen Piloten in der Nähe. Die mutigen Frauen holten sich die Fallschirmseide und schneiderten sich daraus Kleidungsstücke.

Die Tiefflieger hingegen waren eine ganz besondere Gefahr; wer nicht in Deckung ging, wurde erschossen.

So erging es auch unserem Nachbarn, einem Sohn der Familie Birnstiel. [3]

Wir hatten sogar einen Bahnhof in unserem Dorf. Die kleine Bahn, die dort hielt, war die so genannte „Wipperliese". Neben dieser Bahnstation war eine Sägerei, und in eben dieser arbeitete unser Nachbar. Die Angestellten hatten strikten Befehl, sofort in den Keller zu gehen, wenn die Tiefflieger kamen. Das hatte unser Nachbar aber nicht getan, sondern die Flugzeuge beobachtet. Die flogen

Die Halle heute

---

[3] Siehe Anhang Seite 120

manchmal so tief, dass man die Piloten sehen konnte. Aber dieser Pilot sah auch unseren Nachbarn und damit war dessen Schicksal besiegelt.

Von einem unserer Hallenfenster aus konnten wir Kinder direkt in das Zimmer sehen, in dem unser Nachbar aufgebahrt, und für die Beerdigung hergerichtet wurde. Wir drückten unsere Nasen an der Fensterscheibe platt um alles mitzubekommen, bis man uns bemerkte und einen Vorhang vor das interessante Tun zog. Wir fanden das alles so faszinierend, dass für geraume Zeit „Beerdigung" unser beliebtestes Spiel war. Die Leiche musste immer eines der jüngsten Kinder sein.

Wir trugen es auf einer gebastelten Bahre durch die Halle. Alle anderen Kinder folgten dem Trauerzug und versuchten ein trauriges Gesicht zu machen, bis eines Tages „die Tote" schluchzend von der Bahre sprang und rief: „Ich will nicht immer die Tote sein". Damit hatte sich dieses makabere Spiel auch erledigt.

Ein besonderer Höhepunkt war es jedes Jahr wieder, wenn aus den Zuckerrüben Sirup hergestellt wurde. Wir Kinder wuselten natürlich um die Zuckerrübenpresse herum, die im Hof aufgestellt war, und versuchten, mit Erfolg, etwas von dieser süßen Köstlichkeit zu stibitzen. Abends klebten wir Kinder von oben bis unten, und manch einer ging mit Bauchweh ins Bett.

Auf dem Hofplatz befand sich eine Pumpe. Hier holten wir das Wasser für den täglichen Bedarf. Eines Tages befahl die alte Frau Dr. Lepsius alle Kinder dorthin. Die Füße wurden nass gemacht, und ein Kind nach dem anderen musste seinen Fußabdruck auf einer trockenen Fliese hinterlassen. So konnte die alte Dame feststellen, wer von uns Kindern Platt-, Knick- oder Spreizfüße hatte. Schön und gut, unsere

Mütter wussten Bescheid, aber dagegen etwas zu unternehmen, war unmöglich, denn entsprechendes Schuhzeug gab es sowieso nicht. Wir liefen so lange, wie es die Witterung zuließ, barfuss herum. Wohl dem, der Pantoffel hatte, mit Holzsohlen und Riemen aus alten Autoreifen.

Meine Mutter war eine sehr kreative Frau. Sie konnte sich wunderschöne Märchen ausdenken und uns erzählen. Sie studierte mit uns Flüchtlingskindern und den Kindern aus dem Dorf kleine Theaterstücke ein, die wir dann auch vor dem dörflichen Publikum aufführten.

Zu Weihnachten und zu den Geburtstagen bekamen wir von unserer Mutter selbst gebastelte kleine Puppen. Aus Draht bog sie ein Grundgestell, das sie mit Stoffstreifen umwickelte. Aus alten Seidenstrümpfen wurde der letzte Überzug genäht. Damit hatte die Puppe auch die richtige Hautfarbe. Das Gesicht wurde aufgemalt. Den meisten Spaß machte meiner Mutter mit Sicherheit das Nähen der Puppenkleider. Da die Puppen gerade einmal 12–15cm groß waren, kann man sich vorstellen, was es für eine akribische Kleinarbeit war. Die kleinen Mäntel waren gefüttert, der Kragen unterlegt, die Kleider waren mit Smokarbeit versehen. Das waren Sachen, die sie mit Sicherheit lieber ihren Kindern genäht hätte, wofür aber einfach das Geld für das Material fehlte.

Abends setzten sich die Frauen aus dem Haus zusammen und handarbeiteten. Eines Abends, nachdem meine Mutter sich vergewissert hatte, dass wir alle gut zugedeckt und ruhig in den Betten lagen, traf sie sich wieder mit den Nachbarinnen. Normalerweise sollten wir nun schlafen. Aber bei vier Kindern war immer eines putzmunter, welches dann die anderen wach hielt. Wir begannen also in den

Ehebetten herumzuhüpfen, und dabei fiel ein kleines Bild von der Wand aufs Bett. Und mit dem Bild zusammen ein flaches Paket. Neugierig öffneten wir dieses Paket. Darin waren Luftballons, leider keine bunten, wie mein Bruder und ich sie noch von früher kannten. Trotzdem bliesen wir einen nach dem anderen auf.

Als meine Mutter zurückkam, lagen wir schlafend in den Betten und im Schlafzimmer lagen verstreut die weißen, länglichen Luftballons. Jahre später erzählte uns unsere Mutter, dass wir den Vorrat an Kondomen aufgebraucht hätten, den die Seeleute bekamen, und den meine Mutter für glückliche Stunden mit meinem Vater gehortet und versteckt hatte.

Die junge Frau Lepsius war eine sehr ideenreiche Frau. Sie animierte meine Mutter dazu, mit ihr zusammen kleine Puppen für eine Ausstellung herzustellen. So entstanden Figuren für mehrere Märchen. Im großen Saal des Hauses wurden die Figuren aufgestellt. Bei der Bevölkerung unseres Dorfes und der Umgebung fand diese Ausstellung so großen Anklang, dass die Puppen auch in Leipzig präsentiert wurden.

Natürlich konnte man mit solch einer Ausstellung keinen Blumentopf gewinnen, dafür hatten wichtigere Dinge Vorrang, aber diese Beschäftigung lenkte doch sehr von den eigenen Sorgen und der Ungewissheit, was die Zukunft bringen würde ab

Knöpfe wurden auch selbst hergestellt. Dafür schnitt man Scheiben von Besenstielen oder Stöcken ab. Mit glühenden Nadeln wurden die Knopflöcher hinein gebrannt, und Muster auf den Knopf aufgebracht.

In Friesdorf 1945- von links:
Ich, Rolf, Mama. Helga, Oskar

Trotz der geringen Möglichkeiten bemühte sich meine Mutter immer, uns adrett aussehen zu lassen. Sie war froh, wenn der Wachstumsschub bei uns Geschwistern immer gleichzeitig verlief, damit man die Schuhe oder auch die Kleidung weiter vererben konnte. Den Letzten oder auch schon den Vorletzten bissen die Hunde, denn bis dahin waren die Sachen schon so fadenscheinig, dass sie manchmal einfach nicht weiter zu tragen waren. Und das waren dann die Stoffe, die meine Mutter für die Puppenkleider nahm.

Wie oft haben wir Schuhe getragen, bei denen vorne die Kappen abgeschnitten waren, und die Zehen weit über die Sohle hinausragten.

Was ich in ganz besonders übler Erinnerung habe, waren die Leibchen. Sie waren meist aus kratziger Baumwolle gehäkelt oder gestrickt. Diese kleinen Westen wurden auf bloßer Haut getragen und hinten oder vorne geknöpft. Sie waren versehen mit vier gelochten Gummibändern. Zwei vorne und zwei hinten. Daran wurden die langen, meist dunkelbraunen und fast immer am Knie gestopften Strümpfe befestigt. Dieses Kleidungsstück trugen Mädchen, sowie auch Jungen, nur das die Jungen über den Strümpfen eine kurze Hose trugen und wir Mädchen einen Rock oder ein Kleid. Wuchs man nun, wurden die Gummibänder immer länger und guckten bei den Jungen unter den Hosen und bei den Mädchen unter den Röcken hervor.

Meine Erinnerungen an die Zeit der Evakuierung sind recht unterschiedlich. Der Sommer und der Herbst waren schön. Wir ernährten uns von wilden Früchten und Pilzen und suchten Bucheckern.

Mama musste den Bauern bei der Ernte helfen, um Anspruch auf einen Zentner Kartoffeln zu haben. Manchmal durfte sie eines oder zwei von uns Geschwistern mitnehmen. Für die Erntehelfer lagen auf einem Wagen Äpfel zum Essen. Wir mussten Hosen mit extra großen Taschen anziehen, um so viele Äpfel wie möglich nach Hause mitnehmen zu können.

Außerhalb des Dorfes hatten wir Flüchtlinge ein Stückchen Land zum Beackern bekommen. Es lag auf einer kleinen Anhöhe. Fröhlich und mit Gartengeräten bewaffnet starteten wir bei schönem Wetter zu unserem kleinen Acker. Querfeldein ging es durch hohes Gras und üppige Wiesen. Wir sangen laut und falsch. Meine Schwester sang sehr tief und ich versuchte die höchsten Töne zu erreichen, was dann aber nur noch einem Quietschen gleichkam. Plötzlich rief meine Mutter:

„Hinlegen, schnell, Köpfe runter!!"

Ohne Fragen zu stellen, warfen wir uns so flach wie nur irgend möglich auf den Boden, Augen und Ohren bedeckt mit unseren Händen, denn wir meinten, wen wir nicht sahen und hörten, der sah und hörte uns auch nicht. Wir rührten uns nicht, bis meine Mutter es uns erlaubte, denn die

Tiefflieger kamen meist zu mehreren und schossen auf alles was sich bewegte.

Was muss meine Mutter für Ängste ausgestanden haben.

Die Mütter hatten schon einen besonderen Sinn entwickelt, um das Herannahen der Flugzeuge zu spüren, noch bevor sie zu hören waren.

Im Winter hatten wir oft Hunger. Hauptnahrungsmittel waren Kartoffeln. Plinsen, nannte meine Mutter die gekochten und flachgedrückten Klöße, die auf der warmen Herdplatte gebräunt wurden. Steckrüben aßen wir in allen Variationen und Fliederbeersaft bekamen wir, wenn wir nur einmal kurz gehustet hatten.

Nach dem Krieg waren mir Steckrüben und Fliederbeeren ein Gräuel.

Eines Tages stromerte ich mit der gleichaltrigen Tochter eines Bauern in dessen Scheunen herum. Plötzlich standen wir vor einem warmen, duftenden Plattenkuchen, den die Bäuerin zum Abkühlen dort hingestellt hatte. Erst ein kleines Stück vom Rand abgebrochen, wo man es kaum sah, dann noch eins und noch eins. Das Loch im Kuchen wurde immer größer und der Appetit nicht kleiner. Seit langem hatte ich nicht so etwas Köstliches gegessen. Und dann war alles zu spät, das Loch im Kuchen ließ sich nicht mehr kaschieren. Wir verdrückten uns und ich kam so spät wie möglich nach Hause. Natürlich war die Bäuerin inzwischen schon bei meiner Mutter gewesen, weil ihre Tochter gepetzt und die ganze Schuld auf mich geschoben hatte. Mehr als sich entschuldigen und der erbosten Mutter versprechen, mir eine Abreibung zu verpassen, konnte meine Mutter nicht tun.

Das ich etwas Unrechtes getan hatte, war mir durchaus bewusst, doch ich war mir nicht sicher, ob ich einer solchen

Versuchung nicht wieder erliegen würde. Eine Abreibung habe ich natürlich nicht bekommen, denn meine Mutter schlug uns Kinder nie. Wahrscheinlich war sie froh, dass ich mich mal so richtig satt gegessen hatte, ich, die immer Hunger hatte.

Die Frauen waren dermaßen erfindungsreich, dass man sich heute nur noch darüber wundern kann.

Zu Geburtstagen gab es dann und wann einen Kuchen. In Ermangelung von Eiern, und um den Kuchen gelb zu bekommen, hatte meine Mutter Möhrensaft unter den Teig gemischt. Kuchen und Brot wurde in der Bäckerei im Dorf gebacken. Dazu mussten wir die Brücke über die Wipper überqueren. Auf dem Weg dorthin sahen dann auch einige Frauen diesen wunderschönen, goldgelben Plattenkuchen. Da meine Mutter ihr Geheimnis nicht preisgab, zerbrach man sich noch lange Zeit danach den Kopf darüber, woher sie die Eier hatte.

Wir sammelten nach der Kornernte die liegen gebliebenen Ähren, pulten sie aus ihren Hüllen und ließen uns Mehl daraus mahlen. Im Herbst aßen wir sehr oft Pilze. Oschi und ich wussten genau welches die Essbaren waren. Diese wurden auf ein Band gezogen und über dem Herd getrocknet, genau wie die Scheiben von Äpfeln und anderem Obst.

Wurde im Dorf geschlachtet, brachten wir morgens einen Eimer dorthin, um die Wurstbrühe zu bekommen. Diese wurde als Grundlage für unser Essen verwandt. Spannend war es immer, wenn wir abends den Eimer abholten, denn manchmal schwamm ein Stückchen Wellfleisch darin. Wellfleisch ist ein fettes Stück gekochter Schweinebauch.

Unser Haus lag an einer abschüssigen Gasse. Parallel dazu floss der Bach. Diese Straße war im Winter eine wunderbare Rodelbahn. Mein Bruder Oskar bekam Kinderski und ich ein Paar Schneeschuhe, die ein Mann im Dorf

Unsere Gasse heute

herstellte. Ich beneidete meinen Bruder, weil er mit den Skiern so schnell vorankam, und ich mit den Schneeschuhen keine Chance gegen ihn hatte. Meine Schwester hingegen hätte gern meine Schneeschuhe gehabt. Später bekam sie dann auch ein nagelneues, so sehnsüchtig gewünschtes Paar.

Am schönsten war es aber am Hang zur Wipper hinunter, das war eine Abfahrt! In Ermangelung eines Schlittens stellten mein Bruder und ich fest, dass die Abfahrt auf dem Hosenboden noch viel mehr Spaß machte. Als wir dann nach Hause kamen, war meine Mutter den Tränen nahe, denn wir beide hatten keinen Hosenboden mehr. Die Qualität der Hosen war damals so schlecht oder die Hosen vielleicht auch schon so alt, das wir den gesamten Hosenboden weggerutscht hatten.

Vor lauter Unterernährung bekam ich hühnereigroße, geschwollene Drüsen am Hals. Diese mussten im Nachbarort Wippra operiert werden. Wir mussten zu Fuß hin- und auch wieder zurückgehen. Die ersten zwei Geschwüre wurden vereist und aufgeschnitten. Für die letzten reichte das Narkosemittel nicht mehr aus und so musste ohne Betäubung operiert werden. So genau erinnere ich mich nicht mehr, wahrscheinlich bin ich dabei ohnmächtig geworden.

Nachdem im Dorf bekannt wurde, was mit mir passiert war, musste ich jeden Mittag nach der Schule zu meiner Großtante Lina zum Mittagessen gehen. Ganz langsam wurde mir das reichhaltige Essen gegeben, denn man befürchtete, dass mein Körper den plötzlichen Kalorienschub nicht verkraften würde, und ich die wundervollen Sachen nicht bei mir behalten könnte.

Normalerweise hätte es der Stolz meiner Mutter nicht zugelassen, aber hier ging die Gesundheit ihres Kindes vor. Irgendwie hatte ich aber immer ein schlechtes Gewissen, dass ich satt war und meine Geschwister hungerten.

Es gab aber auch einige wohlwollende Dörfler, die uns Essen auf die Fensterbank stellten. Meine Mutter hat nie herausbekommen, wer diese guten Menschen waren.

Uns ging es nicht gut, aber noch schlechter ging es den „Schwarzmeerdeutschen", die eines Tages in unser Dorf kamen. Dies waren Deutsche, deren Vorfahren sich im 18. und 19. Jahrhundert am Schwarzen Meer angesiedelt hatten, und nun, beim Rückzug der deutschen Armee aus ihrem Gebiet, vor den heranrückenden Sowjets flüchteten. Sie holten sich die Kartoffelschalen der Bauern aus dem Abfall, kochten sie, um dann den Rest zu essen.

Gerade hatte ich mich wieder erholt, da bekam Helga eine schmerzhafte Mittelohrentzündung. Meine Mutter fuhr mit meiner Schwester nach Mansfeld zu einem Arzt, der ihr unter Schmerzen den Gehörgang durchspülte, damit der Eiter ablaufen konnte. Um nicht ständig den weiten Weg nach Mansfeld machen zu müssen, gab der Arzt meiner Mutter ein Medikament mit nach Hause, mit dem sie das Ohr meiner Schwester ausspülen musste. Das war eine schmerzhafte Prozedur für Helga, und eine anstrengende für meine Mutter. Ohne die Hilfe meiner Tante Mie und Oschi´s hätte sie das nie geschafft. Einer hielt die Beine fest, der andere den Oberkörper meiner schreienden Schwester, während diese von meiner Mutter verarztet wurde.

Eine Zeit lang hütete meine Mutter ein Hühnerei, das sie für eine besondere Gelegenheit nutzen wollte. Es war die Zeit, in der die meisten der Soldaten wussten, dass der Krieg verloren war, und sie nur noch nach Hause wollten.
Eines Tages schlich ein solcher Soldat durch den Hintergarten und stand plötzlich vor meiner Mutter. Sofort zog sie ihn ins Haus, bevor er bemerkt wurde. Drinnen wurde er von meiner Mutter ausgefragt, wo er herkomme und ob er meinen Vater kenne. Es war durchaus üblich solche Fragen zu stellen, denn viele Frauen vermissten ihre Männer und nahmen die Gelegenheit wahr, mehr über die gegenwärtige Lage des Krieges zu erfahren. Und wieder bekam Mama eine negative Antwort. Der Soldat war ausgehungert und müde. Meine Mutter gab ihm von dem Wenigen, was wir hatten, zu essen. Unter anderem bekam er das Ei. Auf unsere Frage, weshalb sie einem fremden Mann das Ei gegeben hätte, sagte meine Mutter nur, sie wünsche sich, dass unserem Vater in einer ähnlichen Lage genauso geholfen werden würde.
Der Soldat musste natürlich weiter, denn sonst hätte er meine Mutter in furchtbare Schwierigkeiten gebracht, immerhin war er nach dem Kriegsgesetz ein Deserteur und wäre vor ein Kriegsgericht gekommen und erschossen worden, und meine Mutter hätte man wegen Beihilfe angeklagt.

Zu all dem Elend und dem Hunger kam dann noch eine Scharlach-Epidemie. Widerstandslos und unterernährt, wie ich war, traf es mich sehr schlimm und ich musste ins Krankenhaus nach Wippra, um meine Geschwister nicht auch noch anzustecken. Dort lag ich wohl einige Zeit im

Koma, denn ich erwachte in einem Badezimmer. Dort hatte man die hoffnungslosen Fälle hinein geschoben, aber ich war zäh.

Nachdem ich zurück im Krankenzimmer und auf dem Wege der Besserung war, zweigten die Mitbewohner unseres Hauses von ihren knappen Vorräten noch etwas ab, um es mir zu geben. Ich erinnere mich noch ganz genau an einen Apfel, der auf meinem Nachtisch lag. Den Duft habe ich, wenn ich daran denke, noch immer in der Nase. Aromatisch, abgelagert und an der Grenze zum Runzligwerden.

Im Krankenhaus musste ich dann das Bett mit einem Mädchen teilen, welches gerade mit Scharlach aus einer Lungenheilanstalt kam. Meine Mutter durfte mich wegen der Ansteckungsgefahr noch nicht besuchen. Ich durfte aber aus dem Fenster im 2. Stock sehen und winken.

Eines Tages kam sie mich wieder besuchen, und als ich aus dem Fenster schaute und winkte, bekam meine Mutter einen riesigen Schrecken. Mein Kopf war bandagiert. Da ich ihr nicht sagen konnte, was passiert war, stürmte sie ins Krankenhaus, um den Arzt zu sprechen. Eine Schwester konnte sie jedoch mit den Worten beruhigen, dass alle in meinem Krankenzimmer so aussähen, denn wir waren total verlaust und hatten ein Mittel gegen Läuse auf dem Kopf.

Meinem Onkel Henry war es gelungen, seine Familie für ein paar Tage zu besuchen. Außerhalb des Dorfes gab es einige Obstbäume, die der Gemeinde gehörten. War das Obst reif, wurden diese Bäume versteigert. Dann zogen die Interessierten in Gruppen von Baum zu Baum. Onkel Henry war gerade zur Zeit der Kirschernte gekommen. Eitel, wie er immer war, trug er ein weißes Leinenjackett. Er hatte einige Kirschen gepflückt und sie heimlich in sein Taschentuch gewickelt, und vorsichtig in die Jackentasche getan.

Plötzlich war es aus mit der Idylle.

Wie aus dem Nichts erschienen sie wieder. Bevor man sie sehen konnte, hörte man sie: Tiefflieger.

Zuerst ein leises Brummen wie von einem Hummel, doch rasch schwoll es an zu einem ohrenbetäubenden Lärm.

Alle warfen sich auf den Boden und gingen in Deckung. So auch unser Onkel, dummerweise schmiss er sich auf die Tasche in der die Kirschen waren. Mit den damaligen Waschmitteln hat man die Flecken nie wieder aus dem Jackett bekommen, und Onkel Henry musste mit seiner fleckigen Jacke wieder zurück nach Hamburg, was ihn sehr gewurmt hat.

Bruder Oskar ging schon in die erste Klasse, als ich in Friesdorf eingeschult wurde Auf dem Weg zur Schule mussten wir uns eng an die Häuserwände drücken, wenn die Angriffe kamen, und jeder Bewohner war aufgerufen die Schulkinder sofort in ihre Häuser zu lassen.

Friesdorf ist ein wunderschön gelegenes Dorf. Wir machten sehr oft Spaziergänge. Geht man im Tal der Wipper entlang, kann man schon von weitem die schöne Rammelburg sehen. Während dieser Spaziergänge erzählte uns unsere Mutter Geschichten, die sie sich ausgedacht hatte. Sie konnte eines überhaupt nicht leiden: Blumen zu pflücken und dann achtlos wegzuwerfen.

Die Geschichte, an die ich mich erinnere, handelt von einem Krankenhaus tief in den Bergen. Zwerge waren die Ärzte und Elfen waren die Krankenschwestern. Abends, wenn alle Spaziergänger nach Hause gegangen waren, sammelten die Zwerge all die abgerissenen Blumen auf und trugen sie in ihr Krankenhaus, in dem sie dann gesund gepflegt wurden.

Auf einem unserer Spaziergänge

Meine Mutter gab all ihren Geschichten stets einen erzieherischen Wert mit, ohne dass wir es merkten.

Sie hatte die meisten Geschichten aufgeschrieben. Die Aufzeichnungen ließ sie zusammen mit vielen Fotos und mit den Dingen, die wir bei der Rückkehr nach Hamburg nicht mitnehmen konnten, bei ihrer Kusine Gertrud zurück. Später bat sie ihre Kusine, die Dinge zurück nach Hamburg zu senden, doch irgendwie kam immer etwas dazwischen. Mal hatte sie keine Versandkartons, dann wieder keinen Bindfaden zum Verpacken, sie hatte immer Entschuldigungen. Man darf allerdings nicht vergessen, dass Friesdorf jetzt in der DDR lag und es dort an den einfachsten Dingen mangelte. So verging die Zeit, und meine Mutter fand sich damit ab, nichts von ihren Erinnerungen zurückzubekommen.

Eines Tages wurde bekannt, dass die Amerikaner das Dorf besetzen wollten, und da das Haus, in dem Tante Mie wohnte, einen Keller hatte, verschanzten wir uns dort.
Einige fanatische Dorfbewohner hatten verlauten lassen, sie würden Widerstand leisten.

Langsam wurde uns Kindern die Warterei im Keller zu lang, und da der erwachsene Sohn der Hausbesitzer vom Obergeschoss aus die Gegend beobachtete, verdrückten mein Bruder und ich uns aus dem Keller und liefen nach oben. Von dort konnten wir die Straße nach Wippra einsehen, und beobachteten amerikanische Soldaten, die von einer Deckung zur nächsten, sich unserem Dorf näherten.

Gott sei Dank hat niemand Widerstand geleistet, und das Dorf wurde in aller Ruhe von den Amerikanern eingenommen.

Am 30. April 1945 tischte man uns Deutschen wieder einmal eine große Lüge auf:

Hitler ist tot, gefallen an der Front.

Er war nicht an der Front gefallen wie all die Soldaten, die er dorthin geschickt hatte - er hatte sich feige der Verantwortung für sein Tun entzogen, indem er sich und seine Frau umbrachte!

Am 8. Mai 1945 um 23:01 wurde die Kapitulation Deutschlands unterschrieben.

Einen Monat später wurde Deutschland in vier Besatzungszonen unterteilt. Leider lag unser Gebiet im sowjetischen Teil und damit war uns die Rückkehr nach Hamburg, welches ja in der britischen Zone lag, erst mal verwehrt.

Den Einzug der Sowjets beobachteten wir vom Schulhof aus. Von hier konnten wir weit über die Wipper und das Bahngelände sehen. Auf der

Im Dachgeschoss wohnte Tante Mie mit Peter und Heino

gegenüberliegenden Talseite sahen wir Reihen von Panjewagen und russischen Soldaten auf unser Dorf zukommen. Die Panjewagen, kleine, offene, von Pferden gezogene Wagen, waren hoch bepackt mit Dingen, die man unterwegs konfisziert hatte.

Nun mussten auch noch die Russen einquartiert werden. Unser Haus war schon überbelegt, und alle Hausbesitzer, die sich vorher gedrückt hatten, Flüchtlinge aufzunehmen, mussten jetzt mit den Russen vorlieb nehmen. Was da wohl das größere Übel war?

Alles was den Russen gefiel, nahmen sie sich: Das fing bei den Armbanduhren an und endete bei den Fahrrädern. Manch einer hatte die Arme bis zum Ellenbogen voller Uhren, und alle Uhren waren überdreht.

Den meisten Spaß machte es uns Kindern, dabei zuzusehen, wenn die Russen Fahrradfahren lernten. Sie fielen so oft auf die Nase, behielten aber ihren Humor dabei und lachten die ganze Zeit.

Das Leben wurde nun unter der Herrschaft der Sowjets immer schlimmer. Erst hatte man uns eingeschärft, auf den Hitlergruß respektvoll zu antworten, und jetzt verbot man es uns plötzlich. Da verstanden die Russen keinen Spaß und reagierten sehr empfindlich. Die Hakenkreuze in den amtlichen Dokumenten wurden mit schwarzer Farbe übermalt, und alles, was an den Nationalsozialismus erinnerte, wurde vernichtet.

Meine Mutter wollte unbedingt wieder zurück nach Hamburg. Sobald sie hörte, dass irgendwo eine Möglichkeit zur Grenzüberquerung bestand, packte sie unsere Sachen zusammen und zog mit uns los.

Kamen wir an der Grenze an, trafen wir auf sehr viele Menschen, die alle entweder zurück in ihre Heimat wollten oder einfach nur raus aus der sowjetischen Zone. Dort standen die Russen mit geschulterten Gewehren und ließen ganz nach Willkür einige Leute über die Grenze. Von Zeit zu

Zeit schossen sie in die Luft, worauf viele Leute panisch reagierten.

Dreimal ist unsere Mutter mit uns umsonst an der Grenze gewesen und jedes Mal kamen wir krank und verlaust wieder zurück nach Friesdorf.

Wir schliefen in Gräben und Scheunen. Aus den Scheunen holten sich die Russen die Frauen. Deren Schreie versetzten uns Kinder in Angst und Schrecken.

Eines Abends standen plötzlich zwei Russen vor meiner Mutter, die sofort uns Kinder an sich riss. Sie blieb nur vor einer Vergewaltigung verschont, weil unerwartet ein Offizier auftauchte und die beiden verscheuchte. Meine Mutter verstand aus dem Befehl nur soviel, als dass der Offizier sagte, sie wäre eine Mutter. Sie hatte wirklich Glück, denn ob Mutter oder nicht, das war den Russen normalerweise egal. Aber wer weiß, vielleicht hatte der Offizier zu Hause eine Frau mit vier Kindern?

Meine Mutter hatte meiner Schwester und mir einmal fürchterlich die Kopfhaut verbrannt. Wieder einmal waren wir total verlaust von einer missglückten Grenzüberquerung zurückgekommen. Von einer Bekannten hatte sie ein Mittel zur Entlausung bekommen. Leider hatte diese Bekannte vergessen zu sagen, dass das Mittel verdünnt werden musste. Meine Schwester hatte dreimal so dickes Haar wie ich, und meine Mutter musste Büschel ihres schönen Haares bis auf die Kopfhaut abschneiden, um die Heilung der Kopfhaut voranzutreiben.

Onkel Henry war wieder einmal zu Besuch bei seiner Familie, (wie schaffte er das bloß, wo doch alle anderen Väter an der Front waren?) und meinte sofort, als er uns sah, wir hätten Fleckentyphus. Flecken- oder Hungerthypus war eine grassierende Krankheit, die durch Unterernährung hervorgerufen wurde. Dass es nicht diese Krankheit war, wusste meine Mutter natürlich besser. Aber sie hat sich geschämt, zu sagen, was die wirkliche Ursache war.

Von dem Zeitpunkt an hatte das Wort Fleckentyphus eine sehr schlimme Bedeutung für mich bekommen. Jedes Mal, wenn es mir nicht gut ging, wenn ich vor Hunger nicht einschlafen konnte, sagte ich: *„Ich glaube ich bekomme Hungertypus."* Das ging so weit, dass meine Geschwister begannen mich „Hungertypus", anstatt Christa zu nennen.

Dagegen wurde mein kleiner Bruder Rolf unser kleiner „Freudemacher."

„Soll ich dir eine Freude machen?" fragte er abends meine Mutter. Sie nickte, und er verschwand im Schlafzimmer. Bettfertig kam er auf seinen kleinen nackten Füßen zurück.

„Da ist ja unser kleiner Freudemacher", sagte meine Mutter und er lief in ihre Arme. Dieses Ritual wurde noch lange aufrechterhalten. Rolf war sowieso der Liebling meiner Mutter. Keiner von uns Größeren hat ihm dieses Privileg geneidet. Er sah einfach zu niedlich aus mit seinen blonden Locken. Wir anderen hatten alle dunkelbraune Haare und Augen.

Auf einer der Odysseen zur Grenze wurde meine Mutter auf ein Mädchen von ca. 14 Jahren aufmerksam, welches ziemlich hilflos herumirrte. Nach einem Gespräch mit ihr bekam meine Mutter heraus, dass sie zu Hause ausgerissen, und mit der Situation sichtlich überfordert war. Natürlich nahm meine Mutter dieses Mädchen sofort unter ihre Fittiche und versuchte sie auch vor den Russen zu verstecken, indem sie sie wie eine alte Frau zurechtmachte. Ein Tuch tief ins Gesicht gezogen und zusammen gekrümmt, ließ sie das Mädchen neben uns sitzen.

Auch diesmal ließen die Russen wieder nur eine geringe Anzahl von Flüchtlingen den Grenzübergang passieren, und wieder einmal waren wir nicht dabei. Bei dem Gedränge hatte eine Frau mit kleinen Kindern auch keine Chance. Also zurück nach Friesdorf. Diesmal mit einem Kind mehr. Meine Mutter setzte sich mit den Eltern des Mädchens in Verbindung.

Das Mädchen war glücklich, wieder in die Sicherheit ihrer Eltern zurückzukommen. Lange Zeit hatte meine Mutter noch Briefkontakt mit den Eltern, die ihr sehr dankbar waren.

Ende Dezember 1945 machten wir uns erneut auf den Weg, diesmal ganz offiziell. Meine Mutter hatte die Ausreisegenehmigung von den Sowjets und die Einreisegenehmigung aus Hamburg in der Tasche.

Zusammen mit Tante Mie, und ihren beiden Söhnen Peter und Heino, kamen wir dann endlich nach tagelanger Irrfahrt in Friedland an.

Durchgangslager Friedland

Friedland war von der britischen Militärbehörde als Auffanglager eingerichtet worden. Es lag in der Nähe von Göttingen und hatte eine Bahnstation. Wichtig für die Wahl dieses Ortes war es, dass hier die britische, amerikanische und russische Zone zusammenstießen.

Nachdem die Stallgebäude des ehemaligen Versuchsgutes der Universität Göttingen nicht mehr ausreichten, um die Flüchtlinge aufzunehmen, kamen die so genannten Nissenhütten hinzu.

Der Engländer Peter Norman Nissen hatte diese halbrunden Blechunterkünfte während des ersten Weltkrieges für die britischen Soldaten konstruiert, um einen schnellen Auf- und Abbau derselben zu gewährleisten.

Bis heute sind ca. 4 Millionen Menschen durch dieses Lager gegangen.

Erst 1955 kamen, nach harten Verhandlungen mit den Sowjets, die letzten Kriegsgefangenen aus der Sowjetunion hier an.

Noch heute besteht dieses Durchgangslager. Die Spätaussiedler aus den Nachfolgestaaten der Sowjetunion hatten hier ihre erste Bleibe in Deutschland.

Friedland ist allen Jahren ein Symbol der Hoffnung geworden!

Ein alter Mann mit langem Bart, der für uns Kinder wie der Weihnachtsmann aussah, nahm uns in Empfang. Wir bekamen die erste Tasse heißen Kakao seit Jahren.

Nachdem meine Mutter uns angemeldet hatte, wurden wir in eine Baracke geschickt, in der wir mit DDT entlaust wurden. Mit einer großen Spritze wurde uns das giftige, weiße Pulver erst in den Nacken und dann in die Ärmel gepustet. Es hat fürchterlich gerochen.

Nur mit einer schriftlichen Bestätigung über die Entlausung durfte man in den britischen Sektor. Wir bekamen Lebensmittelkarten für eine Woche. Pro Person 75g Fleisch, 100g Fett und 500g Nährmittel und dazu Reisemarken, damit wir mit dem Zug nach Hamburg fahren konnten.

Man gab jedem eine graue Wolldecke, und wir durften eine Nacht in Friedland bleiben.

Am nächsten Tag ging es mit dem Zug nach Helmstedt-Marienborn. Von dort sollten Züge nach Hamburg fahren. Natürlich kamen wir auch dort nicht sofort mit, denn der Bahnhof war schwarz vor Menschen, die alle dasselbe Ziel hatten wie wir.

Die britische Militärbehörde hatte Viehwaggons für den Transport bereitgestellt.

Mit vielen Unterbrechungen, da die Gleise nur notdürftig wieder befahrbar gemacht worden waren oder zum Teil noch ganz fehlten, fuhren wir dann endlich Richtung Hamburg.

Am 1. Januar 1946 überquerten wir die Grenze, und zu exakt demselben Zeitpunkt starb mein Großvater in Hamburg, der schon ernsthaft erwogen hatte, uns mit einem Pferdegespann aus dem sowjetischen Sektor herauszuholen.

Es war eisig kalt in dem Viehwaggon und mein Bruder Oskar hatte schlimmen Durchfall. Seine während der Aufenthalte ausgespülten Hosen wurden zum Trocknen aus dem Wagen in den Fahrtwind gehängt.

Die Aufenthalte wurden von meiner Mutter und meiner Tante genutzt, um Wasser zu besorgen und Erkundigungen über die Weiterfahrt einzuholen.

Es war dunkel in dem Waggon und wir Kinder hatten fürchterliche Angst, dass die Erwachsenen nicht rechtzeitig zurückkommen würden. Dann standen wir in der offenen Waggontür und starrten solange in die Dunkelheit, bis wir meinten, der Zug setze sich ohne unsere Mütter wieder in Bewegung.

Im Waggon hatten sich einige deutsche Soldaten vor den Besatzern versteckt. Sie hatten noch Reste von Hindenburgkerzen und konnten damit zeitweise ein wenig Licht in den Wagen bringen. Hindenburgkerzen ähnelten unseren heutigen Teelichtern, nur waren sie etwa doppelt so groß.

Am 6. Januar 1946 waren wir endlich in Hamburg-Altona.

Wir wussten nicht, dass uns die größte Hungerzeit unseres Lebens noch bevorstand.

Endlich wieder in Hamburg

Meine Mutter traf mit uns nach dieser tagelangen Reise endlich zu Hause ein und wurde mit dem Tod ihres Vaters konfrontiert, der sie, Tante Mie und seine Enkelkinder so sehnsüchtig erwartet hatte. Wir Kinder konnten ihren damaligen Schmerz überhaupt nicht verstehen. Für uns standen nur ein warmes Bett, und vor allem etwas zu Essen im Vordergrund.

Die Laube unserer Großmutter hatte eine Grundfläche von ungefähr 12 qm. An der hinteren Wand waren hinter einem Vorhang Etagenbetten eingebaut. Dort schlief meine Mutter mit uns Kindern. Meine Großmutter schlief auf einem Sofa.

Onkel Henry hatte auf dem Nachbargrundstück ein Holzhaus gebaut, in dem er nun mit seiner Familie wohnte.

Die jüngste Schwester meiner Mutter, Herta, hatte Julius, einen gelernten Mühlenbauer geheiratet, und von diesem bekamen meine Brüder und meine Cousins zur

Tante Herta und Onkel Julius 1945

Begrüßung je einen mit allen Details gebauten Speicher, maßstabsgetreu den Lagern in der Hamburger Speicherstadt nachgebildet.

Meine Schwester und ich bekamen jeder eine Puppenkarre mit hölzernen Rädern. Das erste richtige Spielzeug seit langer Zeit. Onkel Julius war ein begnadeter Bastler. Durch seinen Beruf bedingt arbeitete er sehr sauber und präzise. Helga und ich bekamen außerdem noch Puppenstubenmöbel, nach denen man heute erfolglos suchen würde, denn jede noch so kleine Schublade war zum Öffnen.

Vor seiner Heirat hatte sich Onkel Julius politisch engagiert, und ist dafür kurz vor Kriegsende noch in das KZ Neuengamme gekommen.

Wir Kinder ärgerten unseren Onkel später immer mit dem Ruf: „Julius, Julius, wann machst du mit der Liebe Schluss?" Anfangs hat er es nicht beachtet, aber später hat es ihn doch immer wieder geärgert, was uns dann natürlich immer mehr anstachelte.

Meine Mutter hatte nun alle Hände voll zu tun. Neben der Beschaffung von Lebensmitteln, mussten viele Behördengänge erledigt werden.

Mein älterer Bruder und ich wurden in der Volksschule in Oldenfelde angemeldet.

Schule fand nicht im eigentlichen Sinne statt, denn es gab kaum noch Lehrer. Sie waren entweder gefallen, in Gefangenschaft oder schwer verletzt aus dem Krieg zurückgekommen. Im Schnitt hatte man für 800 Kinder 15 Lehrer.

Um uns trotzdem Lesen und Schreiben zu lehren, übernahmen dies einige Mütter.

Der Schulunterricht fand in verschiedenen Räumen statt, denn die regulären Schulräume waren noch nicht wieder hergerichtet. Wer hatte, brachte Kohle oder anderes Brennmaterial mit. Es wurde damals viel mit Torf geheizt.

Im Winter hatten wir manchmal gar keinen Unterricht, weil es trotz dicker Kleidung in den Räumen zu kalt war. Dann holten wir uns nur die Hausaufgaben ab, die wir in Ermangelung von Papier und Bleistift auch nicht machen konnten. Wohl dem, der nur auf einer Seite beschriebene

Unterlagen ergattern konnte. Es wurde auf den Rändern von alten Zeitungen geschrieben und die Bleistifte wurden solange benutzt, bis nur noch ein kleiner Stummel übrig blieb. Aber für diesen Fall hatte man dann eine Verlängerung, eine Hülse, in die man den Stift hineinstecken konnte. Oftmals hatte man diese Hülsen selbst gebastelt und sobald man ein Wort geschrieben hatte, rutschte der Bleistiftstummel in die Hülse hinein.

Um die Wohnungen warm zu bekommen, ging man auf „Kohlenklau". Unser nächster Bahnhof war Rahlstedt. An den Bahnübergängen mussten die Züge langsamer fahren. Das war der Moment, an dem die Leute auf die Wagen sprangen und Kohle einsackten. Kam dann eine Kontrolle, öffneten sie den Sack und ließen die Kohle den Hang hinunterfallen, um sie dann später wieder aufzusammeln.

Während in Nürnberg die Hauptkriegsverbrecher verurteilt wurden, hatten wir ums nackte Überleben zu kämpfen.

Überall in Hamburg wurde nun auf den öffentlichen freien Plätzen Gemüse angebaut.

Diejenigen, die noch Wertsachen hatten, gingen zum Hamstern. Bei den Bauern auf dem Lande wurde Schmuck gegen Butter, wertvolle Teppiche gegen Kartoffeln, und alles, was man entbehren konnte, gegen Nahrungsmittel getauscht.

Mit einem ironischen Ausspruch wurde dieser Handel auf den Punkt gebracht, indem man den Bauern den Satz: "Mir fehlt nur noch ein Perserteppich für meinen Kuhstall", in den Mund schob.

In Geschäften war so gut wie gar nichts zu kaufen. Wer etwas Bestimmtes brauchte, musste zum Schwarzmarkt, der natürlich illegal war. Die lukrativste Tauschware waren amerikanische Zigaretten. Kinder sammelten die Kippen von den Soldaten, und rollten mit dem so gewonnenen Tabak neue Zigaretten, die auch gerne genommen wurden.

An solche Tauschobjekte kamen wir natürlich nicht heran.

Meine Großeltern waren schon seit Friedenszeiten Mitglieder der Methodistenkirche, einer in Amerika gegründete Freikirche, in der die Prediger oft Laien sind. Während meines Konfirmationsunterrichts lehrten mich zum Beispiel Missionare, die jahrelang in fernen Ländern gewirkt hatten. Sie hielten den Unterricht auf sehr interessante Weise ab. Die Lieder, die wir sangen, hatten Rhythmus und waren überwiegend fröhlich.

Zu der Gemeinde gehörten natürlich auch die Gemeindeschwestern, die sich um Alte und Hilfsbedürftige kümmerten.

Eines Tages bekamen wir Besuch von einer dieser Schwestern. Wir hausten noch in der Laube meiner Großeltern. Meine Mutter hatte gerade aus irgendwelchen Dingen ein Mittagessen für uns gezaubert.

Wir hatten großen Hunger und freuten uns auf diese Mahlzeit. Und gerade da schneite diese Gemeindeschwester bei uns herein. Also kam der Deckel wieder auf den Topf.

Sie unterhielt sich, unserer Meinung nach, viel zu lange mit den Erwachsenen. Endlich stand sie auf und wollte gehen. Doch während sie noch in der Tür stand, sagte mein jüngster Bruder Rolf:

"Jetzt können wir endlich essen!"

Ein peinlicher Moment für meine Mutter. Ob die Schwester wohl insgeheim gehofft hatte, zusammen mit uns essen zu können? Die Laube muss schon appetitlich gerochen haben, denn meine Mutter war eine Künstlerin in Bezug auf Kräuter und Gewürze, und die wuchsen ja in unserem Garten.

Zum Beispiel hat sie uns auch Spinat aus Brennnesseln gekocht oder Salat aus Melde gemacht.

Anfangs hatten wir auch kein Leitungswasser. Mit Kannen und Eimern bewaffnet gingen wir zur übernächsten Straße, dem damaligen Eichenkamp und der heutigen Treptower Straße, zu einer befreundeten Familie – die hatte eine Pumpe im Garten.

Während dieser Zeit ging der Bau an dem von meinem Großvater begonnenem Haus, weiter. Onkel Julius kümmerte sich um den Dachstuhl. Zusammen mit den Frauen wurde dieser dann aufgestellt und das Dach gedeckt.

Zusammen mit unseren Müttern gingen wir in das noch in Schutt und Asche liegende „Hamburg" und kloppten Steine in den Trümmern. Die alten Mauersteine wurden mit dem Hammer und Meißel von den Putzresten befreit, um sie wieder zum Bauen verwenden zu können.
Die Bezeichnung „T r ü m m e r f r a u" wurde das Symbol für die Überlebenskraft und für den Wiederaufbau unseres Landes.

Tante Herta und Mama „auf dem Bau"

Alles andere Material zum Bauen wurde mit Naturalien bezahlt. Im Sommer hatten wir ja Gott sei Dank unseren Garten. Dazu züchteten wir Hühner und Kaninchen. Die Menge derselben musste bei einer offiziellen Viehzählung angegeben werden, um eventuell noch etwas abgeben zu können. Natürlich wurde nur soviel angegeben, wie uns auch zustand.

Das Haus hatte absoluten Vorrang. Im Obergeschoss wurde der kleinste Raum hergerichtet: Ein kleiner Kohleherd kam hinein, ein Doppelbett und provisorische Liegen. Zu erreichen war dieses Zimmer nur über eine Leiter, die am Abend, bevor wir schlafen gingen, heraufgezogen wurde.

Es wurde damals unheimlich viel gestohlen: das Gemüse aus dem Garten, die Eier aus dem Hühnerstall und das Material aus dem Rohbau.

Eine Nachbarin hatte sich nächtelang in ihrem Garten versteckt, um ihr fast reifes Gemüse zu bewachen.

Tante Herta hatte vor ihrem Haus einen Pfirsichbaum. Als die Pfirsiche reif und appetitlich am Baum hingen, wurde beschlossen: Morgen wird gepflückt! Nichts war damit. Am nächsten Morgen war kein einziger Pfirsich mehr am Baum.

Gerade rechtzeitig waren wir ins winterfeste Obergeschoss gezogen. Kurze Zeit später begann der kälteste Winter Mitteleuropas.

Tagsüber blieben wir Kinder im Bett. Währenddessen machte sich meine Mutter mit dem „Henkelmann", einem Blechgeschirr, welches die Soldaten im Krieg benutzten, auf den Weg zur Schule, um das „Schwedenessen" für meinen kleinen Bruder abzuholen. Dies war eine besondere Zuteilung für kleine, bedürftige Kinder. Dazu musste sie eine Stunde mit schlechtem Schuhzeug durch den hohen Schnee laufen. Wieder zurück, wurde das Essen mit allem Möglichen verlängert, sodass wir alle davon essen konnten.

Onkel Julius arbeitete für eine große Glaserei und fuhr einen Lastwagen mit Holzkohlenantrieb, deshalb war seine Holzhütte auch immer warm. In dem kalten Winter 1946/47 war es dann für uns Schulkinder zur Gewohnheit geworden, schnell aus dem Bett, hinein in die Kleidung, Schulsachen geschnappt, und hinüber auf die andere Straßenseite zu Tante Herta zu laufen.

Da stand schon die Waschschüssel mit angewärmtem Wasser bereit. Dazu ein warmes Getränk, und wir waren gerüstet, um den halbstündigen Weg zur Schule anzutreten. Machten wir unterwegs unsere Klingelstreiche, und wir mussten rennen, ging es etwas schneller. Die Ziehglocken, die vorne an den Grundstücken angebracht waren, waren auch zu verlockend.

Inzwischen hatte meine Mutter erfahren, dass mein Vater am Leben war und in französischer Gefangenschaft auf seine Entlassung wartete. Sie hatte jetzt auch die Möglichkeit, ihm zu schreiben und über uns zu berichten.

Eines Tages fand ich einen Brief, den sie abschicken wollte, auf dem Tisch. Neugierig, wie ich war, habe ich ihn gelesen. Hätte ich das nur nicht getan. Sie berichtete darin über das vergangene Weihnachtsfest. Das meine Mutter den Weihnachtsmann gespielt hatte, war mir natürlich nicht verborgen geblieben, aber anstatt den Mund zu halten, habe ich das auch noch hinausposaunt. Und in eben diesem Brief schrieb sie: „Das Weihnachtsfest war den Umständen entsprechend sehr schön, nur Christa ist sehr frech gewesen!"

Ich habe mich dermaßen geschämt, dass ich auf meinen Finger spuckte, und den Satz mit meinem nassen Finger unleserlich machte.

Mein Großvater hatte das Land auf dem nun unser Haus stand, in Friedenszeiten von einem Herrn Johannsen gepachtet, das Haus jedoch nach dem Krieg ohne Baugenehmigung angefangen zu bauen. Das Grundstück gehörte inzwischen einer Erbengemeinschaft, da Herr Johannsen gestorben war. Es war sehr schwierig, einen Weg zu finden, den Hausbau zu legalisieren.

Ich habe damals all die Leute beneidet, die in ihren Gärten ein Holzschild mit der Genehmigungs-Nummer für den Hausbau stehen hatten. Wie ein Damoklesschwert schwebte über uns die Frage: Abriss des Hauses oder Genehmigung.

Unser großes Grundstück ging von den heutigen Hausnummern 18 und 19 bis an die Bekassinenau (damals Finkenau). Nach dem Krieg wurde es in mehr als 18 kleine Parzellen von je 800 qm aufgeteilt. Daraus und aus dem unteren Teil des verpachteten Grundstückes wurde später der Schreberverein „Johannsenkoppel".

Die Firma Leih konstruierte und erstellte ein Typenhaus, das so genannte hölzerne „Leihhaus". Diese Hütten standen nun überwiegend auf den neuen Parzellen.

Viele Flüchtlinge aus dem Osten und Ausgebombte aus Hamburg haben hier ihre erste Bleibe nach dem Krieg gefunden, später das Grundstück erworben und feste Häuser darauf gebaut.

Wir konnten jedoch das größte Stück behalten und hatten somit noch immer 1800 qm zu bepflanzen.

Tante Mie mit ihrer Familie hatte das Grundstück neben uns und Tante Herta mit ihrer Familie eines gegenüber. So wurden die Parzellen 17/18/19 von den Töchtern der Familie Wölfer beackert.

Sie alle wohnten anfangs in provisorischen Holzhütten. Später bauten sich auch die Schwestern meiner Mutter mit ihren Familien ein „richtiges Haus".

Mein Onkel Henry arbeitete damals bei der Sozialbehörde, und zwar in der Jahnhalle in Hamburg, einer ehemaligen Turnhalle, die jetzt als Sammelunterkunft für Flüchtlinge und Ausgebombte genutzt wurde. Später, als sie nicht mehr für die Wohnungssuchenden gebraucht wurde, ist die Jahnhalle abgerissen worden. Heute befindet sich an dieser Stelle der ZOB Hamburg, der zentrale Omnibusbahnhof.

Es gab sehr viele Ausgebombte, dazu die Flüchtlinge aus den Ostgebieten. Viele Hamburger wohnten noch in den Trümmern ihrer ehemaligen Häuser, in nassen Kellern und in provisorischen Unterständen.

Nissenhütten wurden aufgestellt, die jetzt nicht mehr für die Soldaten benötigt wurden. Diese halbrunden Blechbaracken waren so gut wie nicht isoliert. In dem kalten Winter 1947 erfroren viele Menschen in diesen Unterkünften, die meisten davon Kinder. Erschreckend war es für mich zu hören, dass man die Toten manchmal nicht aus den Hütten holen konnte, weil sie an den Wänden festgefroren waren.

Da ging es uns doch etwas besser. Kam Onkel Henry abends nach Hause, brachte er eine Aktentasche voll Briketts für uns mit, die er in seiner Dienststelle abgezweigt hatte. Nun konnten wir endlich unseren kleinen Raum für eine Weile heizen.

72

„Wer ist der Mann?"

Mit viel Glück hatte mein Vater die Gefangenschaft überstanden, wenn man bedenkt, dass 30 Prozent der Kriegsgefangenen nicht überlebt haben. Er war mit einem Lendendurchschuss und einer Schussverletzung am Oberarm, die ihm fast den ganzen Bizeps weggerissen hatte, in Frankreich gefangen genommen worden, nachdem sein Schiff gesunken war.

In den Lagern dort wurde gehungert, genauso wie bei der französischen Bevölkerung. Kein Wunder, dass die Gefangenen auf dem Weg zum Minenräumen von den Einwohnern beschimpft und bespuckt wurden. Untergebracht waren die Gefangenen in einem Stollen.

1947 kam dann endlich mein Vater aus der französischen Gefangenschaft zurück. Es war das Jahr, in dem die Ernährungslage den kritischsten Punkt erreicht hatte.

Wir saßen gerade beim Essen, als die Tür aufging und mein Vater in alter grauer Militärkleidung, die um seinen Körper schlotterte, erschien. Meine Mutter hielt sich nicht lange mit Reden auf, sondern nahm uns allen die vollen Teller wieder weg, goss die Suppe zurück in den Topf, verlängerte sie mit Wasser, würzte das Ganze nach, und stellte für meinen Vater einen weiteren Teller auf den Tisch. Nach dem Essen war noch genug Zeit für die Begrüßung. Möglicherweise wollte meine Mutter mit dieser Geste auch nur ihre Rührung verbergen.

Als mein kleiner Bruder Rolf dann aber fragte:

" Wer ist der Mann?"

brach ihre Selbstbeherrschung völlig in sich zusammen, und sie begann hemmungslos zu weinen. Mein Bruder war zu klein gewesen, als er meinen Vater zum letzten Mal gesehen hatte. Nun konnte meine Mutter ihre Sorgen endlich wieder mit jemandem teilen.

Nichts anzuziehen,
aber glücklich und vereint!

Meinem Patenonkel gelang es, meinem Vater einen Job als Angestellter bei der Hamburger Sozialbehörde zu beschaffen, wo er bis zu seiner Rente in unterschiedlichen Positionen tätig war. So hatte meine Familie glücklicherweise ein festes, monatliches Einkommen.

Ich weiß nicht, ob mein Vater jemals den Wunsch hatte, wieder zur See zu fahren. Doch das war im Moment sowieso nicht möglich, denn es gab keine deutsche Flotte mehr, und hier wurde er viel dringender gebraucht.

Die Liebe zur Seefahrt hielt mein Vater damit wach, indem er uns immer wieder „Döntjes" (kleine Anekdoten) aus der Zeit seiner Seefahrt erzählte. Im Laufe der Jahre veränderten sich diese Geschichten leicht. So war es mein Vater, der all diese tollen Dinge erlebt hatte, und nicht mehr seine Kameraden. Aber was soll`s, mein Vater konnte bis ins hohe Alter noch so mitreißend erzählen, dass es für alle unsere Freunde und Bekannten ein Vergnügen war, ihm zuzuhören.

Heizmaterial war nach wie vor Mangelware.
Auf einen kleinen Handwagen, zu der Zeit ein wichtiges Transportmittel, hatte man Sägen, Beile, Seile gepackt. Mit dem Mut der Verzweifelten zog mein Vater zusammen mit Onkel Henry und Onkel Julius eines Nachts los, um einen Chausseebaum zu fällen. Es klappte auch alles prima, doch

leider fiel der Baum zur falschen Seite und lag nun quer über der Straße.

Gerade als sie dabei waren den Baum zu zersägen, kam eine britische Kontrolle mit einem Jeep, und musste stoppen. Doch anstatt die Männer zur Anzeige zu bringen, stiegen die Soldaten aus und zogen mit Hilfe ihres Autos den Baum von der Straße.

Durch Unterernährung und geschwächte Immunsysteme hatte sich die Tuberkulose (TBC) sehr ausgebreitet. Da Kühe auch an dieser Infektion erkrankten, war die nicht pasteurisierte Milch eine große Infektionsquelle. Gegen diese schreckliche Lungenkrankheit führte man dann endlich Impfungen ein.

Inzwischen war die Reichsmark so gut wie nutzlos geworden. Man handelte nur noch mit Tauschobjekten. Lebensmittelkarten hatten auch ihren Wert verloren, da es so gut wie keine Waren mehr gab. Die wirtschaftliche Lage verschärfte sich und alle warteten auf den TagX.

Am 20. Juni 1948 kam dann endlich die Währungsreform. Pro Kopf durfte man nur 40 (Vierzig!!) Deutsche Mark umtauschen. Sparguthaben wurden 10:1 gekürzt. Gewinner waren hierbei die Leute mit Sachwerten, und da unser ganzer Reichtum unter den Trümmern begraben lag, gehörten wir nicht dazu.

Ganz plötzlich waren die Auslagen der Geschäfte wieder mit den zurückgehaltenen Waren gefüllt.

Politisch kristalisierte sich heraus, dass die Sowjets nicht mit den drei übrigen Besatzern an einem Strick ziehen wollten. Diese bildeten daraufhin die so genannte Trizone, welche 1949 als Bundesrepublik Deutschland ins Leben gerufen wurde.

Am 26. Februar 1946 übernahm Konrad Adenauer den Vorsitz der CDU in der britischen Zone, und am 9. Mai Kurt Schumacher den Vorsitz der SPD.

Am 30. Sept., kurz vor der Vollstreckung des Todesurteils gegen Herrmann Göring, auch einer von denen, die uns ins Elend gestürzt hatten, beging dieser Selbstmord.

Nun sollte alles besser werden, doch Hamburg lag noch in Trümmern. Lange Zeit war das Gelände rund um Karstadt Barmbek abgesperrt, wegen der vielen, verschütteten Toten. Ein Friedhof, auch für unsere Cousins und Cousinen mit ihren Eltern.

Tante Herta nahm meinen Bruder und mich manchmal mit nach „Hamburg". Wir fuhren nicht in die Stadt, wir fuhren nach „Hamburg"!

Dort stöberten wir in den Trümmern nach brauchbaren Dingen herum. Einmal kam sie kreidebleich aus einem Keller zurück. Sie muss dort Schreckliches gesehen haben, denn noch längst waren nicht alle Opfer der Bombenangriffe geborgen.

Ein Bruder meiner Oma, Onkel Hein, wohnte in Hamburg-Eimsbüttel, in einem Haus, welches noch einigermaßen intakt war. Er hatte eine Arbeit in einer Fischfabrik gefunden. Onkel Hein und seine Frau Minna hatten ihren Sohn im Krieg verloren und unterstützten nun meine Großmutter mit Lebensmitteln.

An diese Besuche erinnere ich mich noch genau. Nachdem wir etwas zu essen bekommen hatten, packte Onkel Hein für uns ein Paket mit Fisch. Fasziniert schaute ich ihm jedes Mal auf die Finger, wenn er das Paket kunstvoll verschnürte und mit einem Band verknotete.

Besuche bei Verwandten hatten damals fast immer den Hintergedanken, etwas Essbares abzustauben. Wer Land bearbeitete, bekam Besuch von den Städtern, die nicht an frisches Gemüse herankamen.

Ein anderer Bruder meiner Oma wohnte in der Heitmannstrasse in Barmbek. Onkel Fritz war ein kleiner zarter Mann mit unglaublich abstehenden Ohren, er war Laborant. Seine Frau Berta war Köchin und sah auch so aus, rund und wohlgenährt. Das Mietshaus, in dem sie wohnten, war als einziges stehen geblieben, rings herum ein Trümmerfeld. Sie hatten Glück gehabt und außer einigen zerbrochenen Scheiben keinen materiellen Schaden erlitten.

Besuchte meine Großmutter die beiden, meist nahm sie eins ihrer Enkelkinder mit, gab es erst einmal leckeres Essen. Onkel Fritz hatte einen guten Job und ein sicheres Einkommen.

Bei günstiger Gelegenheit steckte Tante Berta meiner Oma 5 Mark zu, und flüsterte:
" Muss Fritz ja nicht wissen."

Onkel Fritz brachte uns stets zum Bahnhof, und dort gab er meiner Oma auch 5 Mark, mit der Bemerkung:
" Berta muss ja nicht alles wissen!"

So wurde meine Großmutter liebevoll von ihren Geschwistern unterstützt. Oma musste sehr lange um die Kriegsversehrtenrente meines Opas kämpfen, da alle Papiere verloren gegangen waren, und zur Fürsorge zu gehen, kam für unsere Familie überhaupt nicht in Frage.

Unsere drei Familien, zusammen mit meiner Großmutter, waren eine eingeschworene Gemeinschaft. Wir Kinder hielten zusammen und gingen durch dick und dünn.

Eines Tages schickte mich meine Mutter zum nächsten Schlachter. Ich sollte ein Stück Schweinebauch „recht fett" einkaufen. Zusammen mit Geschwistern, Cousins und Cousinen machte ich mich auf den etwa 40 Minuten langen Weg. Beim Schlachter war es, wie immer, proppenvoll.

Ich gab das Geld hin, bekam das Fleisch und das Wechselgeld zurück. Schon im Laden merkte ich, das es zu viel Geld war. Ich sagte aber nichts.

Wieder draußen flüsterte ich nur:

„Los wir müssen rennen!"

Ohne viel Fragen zu stellen rannten wir, bis wir nicht mehr konnten.

„Was ist denn bloß los?" fragte mein Bruder und hielt sich seine schmerzende Seite. Ich hielt ihm meine Hand mit dem Geld hin.

„Ich habe viel zu viel zurückbekommen",

sagte ich, völlig aus der Puste. Mein ängstlicher Cousin sagte:

„Das müssen wir zurückbringen"!

Ich sah in die Runde und stellte alle vor eine Entscheidung.

„Zurückbringen oder Eis essen?" fragte ich.

Das war nun doch viel zu verlockend. Auf dem Weg nach Hause lag an der Chaussee, der heutigen B75, eine kleine Eisbude. Dorthin gingen wir und bestellten für jeden ein großes Eis. Zum Mitnehmen, denn hinzusetzen trauten wir uns nicht. Alle haben es mit Hochgenuss verzehrt. Ich nicht. Bis dahin wusste ich noch nicht, dass ein schlechtes Gewissen so schlecht schmecken konnte.

Am 15. eines jeden Monats bekam mein Vater sein Gehalt. Er wurde schon sehnsüchtig von uns erwartet. Nach dem Essen und nach dem Abwasch, den meine Schwester und ich machen mussten, und bei dem es immer wieder Streit zwischen uns beiden gab, setzten wir uns alle an den Küchentisch. Mein Vater holte das Geld aus der Lohntüte und legte es vor sich hin. Und dann wurde verteilt. Der größte Teil wurde für Nahrungsmittel zur Seite gelegt. Wer brauchte am nötigsten Schuhe? Wer war aus den Kleidern herausgewachsen? Am Haus musste auch weiter gebaut werden. Es war ein Hin- und Hergeschiebe. Waren die Prioritäten gesetzt, kam der große Augenblick.

Aus den Tiefen seiner abgewetzten Aktentasche holt mein Vater eine Tafel Blockschokolade und eine Tüte Goldnüsse heraus und teilte sie zwischen uns auf. Und da reagierten wir Geschwister auch unterschiedlich, der eine aß seine Köstlichkeiten sofort auf, der andere hatte eine ganze Woche etwas davon.

Bohnenkaffee war nach wie vor ein Luxusartikel, und den konnte man sich lange nicht leisten. Meine Mutter hatte durch eine Kaffeebohne ein Loch gebohrt, und einen Faden daran befestigt. Diese Bohne hing nun symbolisch in jeder Kanne „Muckefuck". Denn auch jetzt ließen es sich die drei Schwestern nicht nehmen, sich zusammen zu setzen, alte Pullover wieder aufzuribbeln und anschließend neu zu stricken; oder zerrissene und aufgetragene, Kleidungsstücke wieder aufzutrennen, um sie von der anderen Seite für neue Kleider zu verarbeiten.

Im Sonntagsstaat 1948

Hemdkragen wurden, wenn sie kaputt oder durchgescheuert waren, abgetrennt, gewendet, und wieder angenäht.

Zu besonderen Anlässen legten die drei Schwestern zusammen. Hier 20 Pfennige, da 15 Pfennige, da 30 Pfennige usw. Eins der Kinder wurde losgeschickt, und kam mit 30-50g Bohnenkaffee zurück. Der Kaffee wurde gemahlen, in die vorgewärmte Kanne geschüttet, und mit kochendem

Wasser übergossen. Zum Schluss eine winzig kleine Prise Salz, und der Genuss konnte beginnen.

Als mein Großvater mit dem Hausbau begann, stand nur eines im Vordergrund: Wieder ein Dach über dem Kopf zu haben und gesund den Winter zu überstehen. Mit der Heimkehr meines Vaters wurde schon etwas mehr an Komfort gedacht. Dazu gehörte nun endlich ein Badezimmer. Vorher wurde in einer Zinkwanne in der Küche gebadet. Ein Raum nach dem anderen wurde nun fertig gestellt. Die Leiter ins Obergeschoss wurde durch eine alte, sehr steile Schiffstreppe ersetzt.

Nun hatte meine Oma endlich wieder ihr eigenes Reich. Zu gerne schliefen meine Schwester oder ich bei ihr. Wir lagen mit Oma in einem Bett und linsten über ihre Schulter und versuchten in ihrem Buch mitzulesen.

Einmal bekamen wir ein Carepaket von meinem Onkel aus Amerika. Da waren Dinge drin wie aus dem Schlaraffenland. Zum Beispiel:

Rindfleisch in Kraftbrühe
Cornedbeef
Vollmilch-Pulver
Schokolade
pulverisierte Eier
Schweineschmalz
Rosinen
Zucker
und.....
BOHNENKAFFEE !!

Diese Pakete hatten einen Energiewert von 40.000 Kalorien
Das mein Onkel Otto auch eine ganze Menge Dollars
dafür auf den Tisch legen musste, wussten wir damals nicht.

Weihnachten 1948

In der Vorweihnachtszeit war das Haus erfüllt von Heimlichkeiten. Irgendetwas wurde immer schnell zugedeckt oder versteckt, kam man überraschend ins Zimmer. Alle sollten eine Überraschung haben. Aus alten Gardinen schnitten wir Mädchen die Spitzen heraus, schnitten sie zu kleinen Deckchen und bestickten sie.

Wir schrieben unsere Weihnachtsgedichte säuberlich auf und beklebten sie mit Bildern aus Zeitungen. Den Klebstoff stellten wir her, indem wir etwas Mehl mit Wasser verrührten, oder wir ließen uns eine gekochte Kartoffel vom Essen übrig. Das war zwar keine dauerhafte Befestigung, doch die Weihnachtstage über hielt es.

War dann endlich Heiligabend gekommen, durften wir uns nur noch in der Küche aufhalten. Während unsere Eltern den Tannenbaum im Wohnzimmer mit selbst gebackenen Keksen und von uns gebastelten Sternen schmückten, saßen wir mit Oma in der Küche und pellten die Kartoffeln für den Salat. Ging die Wohnzimmertür auf, versuchten wir immer einen Blick hinein zu werfen. Doch meine Eltern passten auf wie die Schießhunde und scheuchten uns von der Tür weg. Wenn wir Pech hatten, betrauten sie uns noch mit Aufgaben, zu denen wir absolut keine Lust hatten.

Und endlich kamen meine Eltern aus dem Wohnzimmer und wir setzten uns zum Essen an den Küchentisch.

Mein Vater hatte von der Arbeit ein riesiges Paket mit Knackwürsten aus Pferdefleisch mitgebracht, und wir durften soviel essen, bis wir nicht mehr konnten. Danach wurde noch schnell der Abwasch gemacht und die Küche aufgeräumt.

Nach dem Kirchgang war es dann endlich soweit. Gewaschen und gekämmt, in unseren besten Kleidern, standen wir vor der Stubentür. Früher hatte meine Mutter immer: "Ihr Kinderlein kommet, " auf dem Klavier gespielt, doch nun wurde das Klavier durch eine kleine Glocke ersetzt. Die Tür wurde geöffnet und wir durften ins weihnachtliche Zimmer eintreten.

Meine erste „richtige Puppe"

Da standen wir vier dann und bewunderten den Tannenbaum mit den flackernden Kerzen. Die Kugeln glänzten und die kleinen bunten Vögel auf den Zweigen wippten auf und ab.

Alle Geschenke waren mit weißen Tüchern abgedeckt. Zusammen sangen wir noch einige Weihnachtslieder. Ja, meine Eltern konnten es ganz schön spannend machen. Anschließend hatte noch jeder ein Gedicht aufzusagen.

Und endlich, endlich, wurden die Tücher von den Geschenken genommen.

Helga und ich bekamen richtige Puppen. Von ganzem Herzen hatte ich mir immer eine Puppe mit braunen Augen gewünscht, und sie tatsächlich auch bekommen. Die Puppen hatten einen Kopf aus Bakelit (eine frühe Form des Kunststoffes), die Haare waren aufgemalt und die Glasaugen waren noch nicht zum Schließen und blickten einen immerzu an. Die Körper hatte meine Mutter selbst hergestellt. Am Allerschönsten waren natürlich die Kleider der Puppen. Da konnte meine Mutter endlich mal wieder ihrer Kreativität freien Lauf lassen.

Zwischen den Gaben stand für jedes Kind der „bunte Teller". Marzipankartoffeln hatten meine Eltern aus Grieß, Zucker und Mandelaroma hergestellt und in Kakao gewälzt. Kekse, Äpfel und andere kleine Überraschungen lagen darauf.

Nach der Bescherung zuhause machten wir unsere Runde. Zuerst ging es zu Tante Mie und Onkel Henry nebenan. Die hatten schon kleine Päckchen für uns parat. Zusammen mit Peter und Heino gingen wir auf die andere Straßenseite zu Tante Herta und Onkel Julius. Auch hier bekam jeder eine Kleinigkeit. Wir Kinder revanchierten uns mit kleinen Basteleien für alle.

Weihnachten durften wir vier Kinder solange aufbleiben, wie wir wollten. Das war ein zusätzliches Weihnachtsgeschenk. Wir spielten, bis wir die Augen nicht mehr aufhalten konnten. Die Kleinen waren meist schon unter dem Tannenbaum eingeschlafen.

Es ging nicht immer ruhig zu. Manchmal begannen wir auch herumzutoben. Wie oft ist Weihnachten bei uns der Tannenbaum umgekippt, und immer gingen einige Kugeln kaputt.

Wenn wir dann endlich ins Bett gingen, hatten meine Eltern schon einige Stunden Schlaf hinter sich.

Das Abschmücken des Baumes nahm einen ganzen Tag in Anspruch. Zusammen mit meinen Eltern spielten wir verschiedene Spiele. Der Gewinner durfte sich als Belohnung ein süßes Teil vom Baum nehmen.

Folgeerscheinungen

Eigentlich bin ich gerne zur Schule gegangen, denn das Lernen fiel mir sehr leicht. Besonders im Rechnen hatte ich überhaupt keine Schwierigkeiten. Doch da war meine Klassenlehrerin, Frau Larsen. Vom Krieg verschont, wohnte sie in einer dieser schönen Villen in Rahlstedt.

Eines Tages kam sie zu uns nach Hause und wollte wissen, woher wir den Zement bekämen, doch meine Mutter konnte und wollte die Quelle nicht preisgeben. Aus verständlichen Gründen, denn immerhin tauschten wir Zement gegen geklauten Kunsthonig.

Von diesem Zeitpunkt an waren meine Zensuren nur noch Mittelmaß, obwohl meine Leistungen mehr als gut waren. Diese Lehrerin schikanierte mich, wo es nur ging. Da gab es natürlich andere Kinder, denen sie gute Zensuren geben musste. Den einflussreichen, alteingesessenen Rahlstedter Eltern musste man natürlich „Honig um den Bart schmieren".

Zu diesem Moment an begannen meine Alpträume. Wie oft saßen meine Eltern nachts an meinem Bett, weil sie von meinem Schreien aufgewacht waren.

Ich will nun nicht dieser Lehrerin die alleinige Schuld daran geben. Sie war wahrscheinlich nur der Auslöser für die Reaktion auf die vergangenen Jahre. Die Nächte im Luftschutzkeller, die Tiefflieger, die Versuche nach Hamburg zurückzukehren, für ein Kind zwischen fünf und acht Jahren konnte das nicht ohne Folgen bleiben.

Noch viele Jahre später geriet ich in Panik, wenn ich nachts Flugzeuge oder Sirenen hörte, und Flugzeuge waren häufig zu hören, denn inzwischen hatte man die Berliner Luftbrücke ins Leben gerufen, die mit ihren „Rosinenbombern" den total abgeschnittenen westlichen Teil von Berlin mit lebenswichtigen Dingen versorgte. Da einige der Flugzeuge in Schleswig-Jagel und in Hamburg-Finkenwerder starteten, lagen wir oft auf deren Route.

Und nicht nur bei mir begannen sich die Folgen der vergangenen Jahre zu äußern.

Oskar begann zu schlafwandeln. So stand er dann plötzlich, nachdem er einige Stunden geschlafen hatte, auf und spazierte in der Wohnung umher. Kamen meine Eltern hinzu und er wachte auf, war er total orientierungslos.

„Nun geh` wieder ins Bett", sagte meine Mutter dann sanft zu ihm. Oschi nickte abwesend mit dem Kopf, drehte sich um und ging zurück in sein Bett und schlief bis zum nächsten Morgen.

Am nächsten Tag hatte er eine völlige Amnesie und konnte sich an nichts erinnern. Eines Nachts wachten meine Schwester und ich davon auf, dass Oschi auf dem Regal direkt neben unserem Bett saß, die Arme ausbreitete und sagte:

"Alles Laub zu mir, bringt alles Laub zu mir!"

Am nächsten morgen wollten wir natürlich wissen, was es mit dem Laub auf sich hatte, doch das Rätsel wurde nie gelöst.

Gott sei Dank machten wir alle keine große Geschichte daraus, im Gegenteil: wir lachten darüber, einschließlich Oschi. Das war wahrscheinlich die beste Lösung.

Meine Schwester begann aus heiterem Himmel ins Bett zu machen, was sie jedes mal wieder zu Tränenausbrüchen veranlasste.

Rolf war unser kleiner „Nuckelpeter". Er steckte den Daumen in den Mund, strich dabei mit dem Zeigefinger über den Nasenrücken, und hielt dabei am liebsten noch unseren dicken Kater auf dem Arm. Zum Sprechen trennte er sich ungern von seinem Daumen, so dass wir Mühe hatten, ihn zu verstehen.

So hatten wir alle unsere Macken. Ohne Psychiater, nur durch die Zuwendung unserer Familie, haben wir auch das überstanden - und uns zu ganz normalen Menschen entwickelt (glaube ich jedenfalls).

Von Zeit zu Zeit wurde eine allgemeine Schul-Untersuchung durchgeführt. Dann kamen einige Leute vom Gesundheitsamt und wählten die Kinder aus, die einen kostenlosen Erholungsurlaub nötig hatten.

Aber auch da spielt das „Vitamin B" eine große Rolle. Wohlgenährte und gut gekleidete Kinder nahmen sehr oft an diesen Reisen teil.

Wir mussten uns bis auf den Schlüpfer ausziehen. Der Arzt ging mit seinen Fingern die Rippen rauf und runter. Bei mir waren nur Knochen zu ertasten, unterernährt, wie der größte Teil der Kinder. Dazu muss ich sagen, dass ich große Schwierigkeiten hatte zuzunehmen - ich war immer hungrig. Mein Körper war wie ein Fass ohne Boden. Ich konnte meinen Eltern die Haare vom Kopf essen und wurde nicht dicker, was sich im Alter leider geändert hat.

Der Schulunterricht fand inzwischen in einer Villa in der Oldenfelder Straße statt. Später wurde auf dem Grundstück ein Pavillon für einige Klassen hinzu gebaut.

In der dritten Klasse bekam ich einen neuen Lehrer.

Herr Rehder hatte schon im ersten Weltkrieg gekämpft, war entsprechend alt und stark schwerhörig.
Zum Unterricht brachte er Sonnenblumenkerne mit, die er im Laufe der Stunde aß. Die leeren Hülsen klebte er an die Kante seines Pultes.

Ekelhaft !

Herr Rehder liebte die Lüneburger Heide und Hermann Löns. Dementsprechend sah auch unser Unterricht aus. Wir machten Ausflüge zum Wilseder Berg und sangen Lieder über die schöne Lüneburger Heide.

Diese Ausflüge waren etwas Besonderes für mich. Am Abend zuvor packte meine Mutter den Rucksack. Und immer war als besonderer Höhepunkt ein halbes Brötchen mit einer Scheibe Pumpernickel und „guter Butter" und Käse dabei. Ansonsten viel Obst, Karotten, ein hart gekochtes Ei, manchmal Kohlrabi und etwas zu trinken.

Unsere Klasse 4b mit Herrn Rehder vor der Villa in der Oldenfelder Straße (1948) – ich stehe in der 2. Reihe links.

In unserem Klassenraum war das Kartenmaterial für die ganze Schule untergebracht. Manchmal kamen größere Jungen während der Stunde, um etwas davon zu holen. Die Tür zu unserem Unterrichtsraum lag dem Pult gegenüber. Schon an der Tür begannen diese Schüler halblaut Witze über unseren Lehrer zu machen, die er aufgrund seiner

Schwerhörigkeit nicht mitbekam. Wir allerdings hatten große Mühe, unser Lachen zu unterdrücken.

Zum Turnunterricht mussten wir nach Alt-Rahlstedt. Dazu mussten die Bahngleise der Strecke Hamburg-Lübeck am Rahlstedter Bahnhof überquert werden. Für die größeren Kinder war es ein Riesenspaß, sich an die hochgehenden Schranken zu hängen, und erst im letzten Augenblick abzuspringen. Einem der Kinder gelang das nicht rechtzeitig. Nun baumelte es solange dort oben, bis der Schrankenwärter die Schranke wieder herunter gelassen hatte, und das wurde damals noch per Handbetrieb gemacht. Das gab natürlich einen riesigen Wirbel in der Schule.

Gegen Eier und andere Naturalien hatte meine Mutter eine alte Nähmaschine eingetauscht. Eines Tages bekam sie etliche Meter geblümten Stoffes. Daraufhin begann sie zu nähen. Wir Mädchen bekamen Kleider, die beiden Jungen Hemden. Alles aus dem gleichen Blümchenstoff. Aber was waren wir stolz auf die ersten Sachen aus neuem Material.

Da wir Mädchen ihr beim Nähen immer über die Schulter schauten, und stets auch zu kleinen Näharbeiten herangezogen wurden, lernten wir sehr schnell, auch mit dieser Maschine umzugehen.

Wir Kinder verdienten uns den einen oder anderen Groschen. Ich hütete kleine Kinder in der Nachbarschaft, oder radelte Schnittmuster auf Zeitungspapier für Bekannte meiner Mutter aus. Das wurde immer schwieriger je öfter man die Schnittmuster benutzte. Zum Schluss waren nur noch fliegende Papierfetzen übrig.

Wir halfen mit, überflutete Keller leer zu schöpfen. Oschi bekam sogar Gelegenheit, bei einem Bauern während der Kartoffelernte zu helfen. An diesen Tagen standen wir anderen Kinder schon, bewaffnet mit Hacken und Säcken, am Feldrand und warteten darauf, dass das Feld zum Kartoffelnsammeln freigegeben wurde. Wir haben so manches Kilo Kartoffeln mit nach Hause gebracht.

Meine Mutter hatte die Kunst entwickelt, Laufmaschen in Seidenstrümpfen in rasender Geschwindigkeit wieder aufzunehmen. Das sprach sich bald herum, und da man kaum an neue Seidenstrümpfe herankam, mussten die alten repariert werden. Je nach finanzieller Lage wurde sie entlohnt. Meine Mutter war stolz darauf, auch einen finanziellen Zuschuss zum Haushalt beizutragen.

Wir Kinder unternahmen vieles gemeinsam. Tante Herta hatte inzwischen zwei Kinder, doch die waren noch zu klein, um bei uns mitzumachen.

Wir sechs Großen hatten zusammen viel Spaß.

Mein Cousin Peter stopfte sich beim Essen immer soviel in den Mund, dass er ganz dicke Backen bekam. „Sag mal Mops", sagten wir zu ihm. Wenn er das dann tat, spritzte ihm das ganze Essen aus dem Mund und wir freuten uns, dass wir ihn wieder reingelegt hatten.

Unsere Milch holten wir beim Milchmann einige Straßen entfernt. In einer Blechkanne ohne Deckel trugen wir sie nach Hause. Unterwegs schleuderten wir sie, aus der Schulter über unseren Kopf, ohne das auch nur ein Tropfen heraus fiel. Das gab uns einen gewissen Kick. Zuhause angekommen, wurde die Kanne unten im Küchenschrank aufbewahrt.

Wenn ich allein in der Küche war, schwuppdiwupp, die Kanne raus, und ein paar Schlucke getrunken. Damit das nicht auffiel, wurde die fehlende Menge mit Wasser aufgefüllt. Da mein Bruder aber dieselbe Idee hatte wie ich, dauerte es nicht lange, bis unser Schwindel herauskam. Die weiße Milch wurde bei jedem Verdünnen heller, und zum

Schluss hatte sie eine leicht himmelblaue Farbe angenommen.

In unserem Kinderzimmer stand nun ein eisernes Etagenbett, abgezweigt aus dem Inventar der Jahnhalle. Die Matratzen bestanden aus mit Stroh gefüllten Säcken, die von Zeit zu Zeit neu gestopft werden mussten. Meine Schwester und ich teilten uns das untere Bett und Oskar durfte im oberen Bett schlafen.

War Oskar gerade eingeschlafen, drückten Helga und ich mit unseren Füßen mit Schwung von unten gegen seine Matratze, sodass er ein paar Zentimeter hoch flog, wach wurde und stinksauer war.

Waren wir Kinder allein zu Haus, durchstöberten wir die Küchenschränke nach etwas Essbarem. Fanden wir Zucker, wurden „Kientsches" gemacht. Dazu taten wir den Zucker in eine Pfanne oder in einen Topf und lösten ihn auf der heißen Herdplatte auf. Die entstandene Flüssigkeit gossen wir danach zum Abkühlen auf einen Teller. Die Bonbons wurden anschließend gerecht geteilt, und gemeinsam genossen. Leider vergaßen wir oft den Topf wieder sauber zu machen, was meine Eltern sehr ärgerlich machte, denn die Töpfe waren nachher nur noch für das Hühnerfutter zu gebrauchen. Aber das nahmen wir für diesen kurzen Genuss in Kauf.

Die Straße vor unserem Haus war noch ein unbefestigter Weg. Hier konnten wir wundervoll spielen. Wir schnitzten uns Stöcke und spielten Kippel-Kappel.

Der Kippel war ein langer Stock mit einer Spitze, und der Kappel ein kurzer (ca. 20cm), an beiden Enden angespitzter Stock. Nun legte man den Kappel quer auf ein in die Erde geritztes, längliches Loch. Mit dem Kippel griff man unter den Kappel, schleuderte ihn hoch in die Luft, und schlug ihn so weit wie möglich. Indem man nun auf eines der spitzen Enden des auf der Erde liegenden Kappels schlug, wirbelte dieser hoch, und man versuchte, ihn erneut so weit wie möglich zu schlagen. Nach dreimaligem Schlagen wurde die Entfernung zum Ausgangspunkt mit Schritten abgemessen.

Wir spielten Schlagball, Völkerball oder Murmeln. Wir hatten keine Glasmurmeln, unsere waren aus einer Zementmischung, die nach einiger Zeit die Farbe verlor.

Helga und ich spielten „Mutter und Kind". Dazu malten wir uns eine Wohnung mit vielen Zimmern in den Sand. Manchmal spielte mein kleiner Bruder Rolf mit. Er war dann der Vater, der von der Arbeit nach Hause kam und unsere Wassersuppe essen musste, was er aber auch mit Todesverachtung tat.

Wir Mädchen sammelten Oblaten. Alte Hefte waren unsere Alben. In längs umgeknickte Seiten wurden die Oblaten sorgfältig hineingelegt. Tauschen war eines der Spiele. Man nahm eine Oblate und steckte sie zwischen irgendeine Seite des Spielpartners. Die darin liegende Oblate wurde nun getauscht. Anfangs konnte ich nicht mitspielen, denn meine Oblaten bestanden aus Bildern, die ich ausgeschnitten hatte.

Im Sommer wurde nur barfuss gelaufen, selbst wenn wir zum Schwimmen gingen. Unser erstes Schwimmbad war die so genannte „Lehmkuhle"

Was störte es uns damals, dass das Wasser mit Sicherheit nicht keimfrei war? Meist gingen wir per pedes dorthin. Hatte aber jemand schon ein Fahrrad, saßen wir auch zu dritt oder sogar zu viert darauf. Später gingen wir ins „Freibad Farmsen". Doch bevor wir loszogen, schritt mein Vater mit seinen langen Beinen für jeden von uns Geschwistern ein Stück Land ab, welches wir vom Unkraut befreien mussten. Das war schon eine lästige Pflicht.

Auf dem Weg zur Badeanstalt kamen wir an einem Schreibwarenladen mit Süßigkeiten vorbei. Jeder von uns hatte fünf oder zehn Pfennige. An der Schaufensterscheibe drückten wir unsere Nasen platt, um zu sehen, was wir uns kaufen könnten. Da lagen unter anderem die bunten länglichen Lakritzen.

„Die hol` ich mir", sagte Peter, „wie heißen die denn?"
Wie aus der Pistole geschossen sagte ich:

„Rattenkötel"

Peter ging in den Laden. Beinahe hätte er nichts bekommen, weil der Ladeninhaber dachte, Peter würde ihn veräppeln. Das waren so unsere kleinen harmlosen Späßchen

Zum Baden trugen wir Badeanzüge, die nach neuester Mode aus alter Wolle gestrickt waren. Trocken sahen sie ja prima aus, aber sobald sie nass wurden, wurden sie immer schwerer und zogen sich immer weiter nach unten.

Und dann sollte ich Schwimmen lernen, es war meinen Eltern wohl doch zu unsicher, uns fast täglich ins Schwimmbad zu lassen, ohne das ich mich über Wasser halten konnte. Zuerst hängte mich der Schwimmlehrer an die Angel. Da hing ich nun wie ein nasser Sack und meine Arme und Beine gehorchten mir nicht so, wie es der Schwimmlehrer gerne gewollt hätte. Viel lieber wäre ich doch mit den Korkringen im Wasser herumgespaddelt, aber die kamen erst später. Jedenfalls lernte ich das Schwimmen nicht auf diese Weise.

Beim Herumtoben im Wasser schummelten wir immer, indem wir mit einem Bein den Kontakt zum Boden hielten, und mit dem anderen Schwimmbewegungen machten.

Kurze Zeit nach meinen erfolglosen Schwimmstunden trafen wir uns mit meinen Cousins und Cousinen aus Bergstedt am Bredenbeker Teich, und innerhalb einer Stunde brachte mir meine Cousine Eva das Schwimmen bei. Von dem Augenblick an war das Wasser mein Element. Nur mit dem Springen stand ich auf Kriegsfuß, nachdem ich vom

3Meter- Turm mit den Füßen voraus hinunter gesprungen war. Dabei ist mir das Wasser durch die Nase bis ins Gehirn gepresst worden. Seitdem bin ich nie wieder gesprungen. Bis auf einmal, als ich eine Wette gegen meinen siebenjährigen Enkel Tim verloren hatte. Aber das kam viel, viel später…

Die vielen Babys in unserer Familie brachten es mit sich, dass ich schon sehr früh mit kleinen Kindern umgehen konnte und dies auch gerne tat.

Als wir zurück nach Hamburg kamen, war Ellen, die Tochter von Tante Herta und Onkel Julius, noch ein Säugling. Ich durfte sie wickeln, ihr die Flasche geben und später auch füttern. Sie bekam später noch einen Bruder, Martin.

Tante Mie und Onkel Henry bekamen noch einen Kind. Reiner war nun der dritte Junge. Und dann kam 1951 endlich das ersehnte Mädchen: Mary.

Bei all diesen kleinen Würmern durfte ich Kindermädchen spielen. Damals hegte ich noch den Wunsch, später einmal den Beruf der Kindergärtnerin zu erlernen.

Seit dem Ende des Krieges war es immer wieder zu Engpässen in der Versorgung von Lebensmitteln gekommen. Doch langsam erholte sich die Wirtschaft. Der Grund dafür lag vor allem an der amerikanischen Hilfe, der Einführung der Marktwirtschaft, sowie der Währungsreform.

Unter Konrad Adenauer wurde am 31. März 1950 der Beschluss gefasst, die Lebensmittelkarten abzuschaffen.

In der DDR wurden die Marken noch bis Mai 1958 benötigt.

Meine Eltern mussten weiterhin jede Mark umdrehen, bevor sie ausgegeben werden konnte. Mein Bruder Oskar bestand die Aufnahmeprüfung zum Oberbau. Im selben Jahr hätte ich aufgrund meiner guten Leistungen auf die Oberschule gehen können. Leider reichte das Schulgeld aber nur für ein Kind, und außerdem war es damals für ein Mädchen nicht so wichtig wie für einen Jungen, eine gute Schulbildung zu bekommen.

So hatten noch während meiner Zeit auf der Realschule die Jungen mehr Mathematikstunden als die Mädchen. Diese wurden in die Schulküche geschickt, um Kochen zu lernen.

Ich musste also noch zwei Jahre warten, um eine weiterbildende Schule besuchen zu können. Meine Enttäuschung war sehr groß. Das wussten meine Eltern auch, denn in Bezug auf Weiterbildung haben sie uns, soweit es in ihren Möglichkeiten lag, immer sehr unterstützt.

Die Zahlung des Schulgeldes wurde noch bis 1958 erhoben.

Meine Mutter weckte in uns die Liebe zur Musik. Ihre Klassikkenntnisse gab sie an uns weiter, indem sie kleine Geschichten in Zusammenhang mit der Musik brachte. Ganz besonders beeindruckt hat mich damals die Geschichte der Marian Anderson, einer farbigen amerikanischen Sopranistin, die aufgrund ihrer Hautfarbe diskriminiert wurde. Die erste Schallplatte, die meine Mutter bekam, waren Lieder von Schubert, gesungen von eben dieser wunderbaren Sängerin.

Mein Vater hingegen las sehr viel. Saßen wir abends zusammen, wurde oft vorgelesen. Wir Mädchen strickten oder machten andere Handarbeiten und Papa las vor. „Fiete Kiekbusch", das Leben eines Hamburger kleinen Jungen, gefiel uns besonders. Etwas schwierig wurde es dadurch, weil es auf Plattdeutsch geschrieben war. „Sinuhe der Ägypter", Geschichten von Hans Fallada und alles, was wir an Büchern ergattern konnten wurde gelesen.

Später sammelte meine Oma Fortsetzungsromane aus Zeitungen. War ein Roman zu Ende, wurden die Zeitungsausschnitte mit Bindfäden zusammengehalten und untereinander ausgeliehen.

Beim Übergang auf den Oberbau, der heutigen Realschule, musste ich in die Schule nach Hamburg-Farmsen wechseln. Dadurch ging auch die Freundschaft mit meiner Klassenkameradin Gisela entzwei. Gisela war ein wildes, fröhliches Kind, immer zu Streichen aufgelegt.

Morgens bekam sie eine weiße gestärkte Schürze von ihrer Mutter umgebunden, und nach der Schule sah diese aus wie ein Putzlappen.

Auf dem Weg zur Schule trafen wir öfter auf eine Ziege, die das Unkraut an den Gräben abfressen sollte. Für Gisela und mich war es ein großer Spaß, mit einem langen Stock den Euter der Ziege zu berühren, was diese veranlasste, sofort ins Gras zu pinkeln.

Meine Schwester Helga, Gisela und ich wurden im Turnverein Berne angemeldet. Wir gingen natürlich nicht immer den direkten Weg dorthin. Im Winter musste das Eis auf dem kleinen Teich im Park getestet werden. Das endete damit, dass ich plötzlich bis zum Bauch im Wasser stand. Damit die Eltern nichts merkten, sind wir trotzdem zum Turnen gegangen. Dort haben wir versucht, meine Kleider so gut wie möglich zu trocknen.

Unsere Väter holten uns im Winter umschichtig vom Turnen ab, denn sie wollten uns nicht allein durch die Dunkelheit laufen lassen.

Auf dem Weg mussten wir eine Siedlung am Berner Park durchqueren. Papa hatte uns an diesem Abend abgeholt. Plötzlich war Gisela verschwunden.

„Wo ist Gisela, eben war sie doch noch hier?", fragte mein Vater. Da kam sie plötzlich angerannt.

„Herr Kindel, jetzt müssen wir rennen, ich habe an fast allen Häusern geklingelt", sagte sie und griente übers ganze Gesicht.

„Na dann los, " sagte mein Vater, ohne lange zu lamentieren, „dann nehmt die Beine in die Hand und lauft".

Zusammen mit meinem Vater rannten wir, bis wir außer Sichtweite der Häuser waren. Zuhause schüttelte meine Mutter nur den Kopf.

„Was hätte ich denn tun sollen?" verteidigte sich mein Vater, „warten, bis die Leute mir Vorhaltungen über meine ungehorsamen Kinder machen?"

Zu meinem zwölften Geburtstag bekam ich mein lang ersehntes Fahrrad! Bislang war ich nur auf dem Rad meines Bruders oder meines Vater gefahren. Da die Herrenräder aber noch zu groß für mich waren, steckte ich ein Bein durch den Rahmen, und fuhr in ziemlicher Schräglage unseren Gartenweg rauf und runter.

Endlich hatte ich ein eigenes Rad. Aus alten Teilen hatte mein Vater ein Fahrrad zusammengebastelt und mit knallroter Farbe angemalt. Die Einzelteile wurden mit den Eiern unserer Hühner bezahlt. Was war ich stolz! Es kostete große Überwindung, mich von meinem Geschenk loszureißen, und zu Fuß zur Schule zu gehen.

In der Schule standen immer noch nicht genügend Klassenräume zur Verfügung. So wurde im Wechsel unterrichtet: Vormittags- und Nachmittagsunterricht. Bei vier schulpflichtigen Kindern im Haushalt saßen wir also nur am Sonntag gemeinsam am Mittagstisch.

In der Schule Farmsen hatte ich mich besonders mit Erika angefreundet. Sie hatte alles, was ich mir wünschte. Sie spielte die „Mondscheinsonate" wunderschön auf dem

Klavier und hatte zu einem besonderen Anlass ein hellblaues Organzakleid bekommen. Sie hatte Rollschuhe und konnte auch gut damit laufen. Ich hatte weder Roll- noch Schlittschuhe, und auch nie das Laufen darin gelernt.

Später, als ich schon erwachsen war, nahm mich einmal eine Freundin zum Schlittschuhlaufen mit in eine Eissporthalle.

„Das lernst du ganz schnell", sagte sie. Von wegen, wie ein Häufchen Unglück ließ ich mich von unseren männlichen Begleitern durch die Halle ziehen. Bei der nächstmöglichen Gelegenheit hangelte ich mich an der Bande zurück zu meinem Platz. Damit war der Bedarf an solchen Unternehmungen gedeckt.

Helga mit mir und Rolf 1950

Doch Erika beneidete mich um etwas: Sie beneidete mich um meine Geschwister und unser turbulentes Zuhause!

Sie selbst lebte mit ihren schon etwas älteren Eltern. Ihre Schwester war bereits erwachsen und stand im Berufsleben. Erikas Vater hatte einen sehr einflussreichen Posten bei der Schulbehörde. Ihm war es zu verdanken, dass meine Eltern zum Teil von der Zahlung des Schulgeldes befreit wurden. Von sich aus hätten meine Eltern niemals um einen Zuschuss gebeten.

Erika besuchte mich auch sehr oft zuhause, wir saßen in der Klasse nebeneinander und schwärmten für unseren Lehrer, Herrn Westphal, denn er war der erste junge Lehrer, der uns unterrichtete.

Die Jungen in der Klasse schwärmten für Frau Zimmermann, unsere Englisch-Lehrerin. Mit hohen Absätzen und wippendem Rock betrat sie unseren Klassenraum. Ihr dunkelbrauner, dauergewellter Lockenkopf nickte freundlich in die Runde und mit Schwung setzte sie sich auf die Ecke des Pultes und schlug ihre seidenbestrumpften Beine übereinander.

„Good morning, how are you? " Die Jungen hingen gebannt an ihren Lippen, und wir Mädchen überlegten, wie wir sie am besten kopieren könnten.

Meine Eltern hatten immer ein offenes Haus. Wir hatten ständig Besuch von unseren Schulfreunden. Wir waren inzwischen Teenager, oder wie es damals hieß, Backfische. Oschi brachte die Jungen mit, Helga und ich die Mädchen.

Eines Abends im Spätsommer saßen wir im Garten. Das Wetter war wunderschön gewesen. Die Fenster zu ebener Erde standen noch weit offen. Inzwischen war es dunkel geworden. Wir unterhielten uns leise und beobachteten die Sternschnuppen. Plötzlich sprang ein langes, dünnes, weißes Gespenst aus einem Fenster heraus und rannte auf uns zu. Wir Mädchen kreischten hysterisch, und die Jungen konnten ihren Schrecken auch nicht ganz verbergen. Bei uns angekommen, riss sich das Gespenst das Bettlaken aus Mutters Kleiderschrank herunter, und lachend erschien unser Vater.

Das waren die Dinge, die unsere Freunde an unserem Zuhause so liebten. Zurückblickend glaube ich, dass Papa versuchte, seine nicht stattgefundene Jugend nachzuholen. Trotz allen Geldmangels kam der Spaß niemals zu kurz. Wir wussten, wie gut es uns ging. Unsere Familie war zusammen, wir hatten den Krieg heil überstanden und konnten nach vorne schauen.

Die Zeit bei der Marine hat meinen Vater in vieler Hinsicht geprägt, was wir sehr oft zu spüren bekamen. An erster Stelle stand hier sein Sinn für Ordnung.

Helga und ich hatten einen gemeinsamen Kleiderschrank in unserem Zimmer. Im Laufe der Zeit wurde der Inhalt immer unordentlicher. Brauchten wir ein Kleidungsstück, wurde es einfach herausgezogen. Da wir obendrein auch noch unsere Kleidungsstücke tauschten, dauerte es nicht lange, bis das Chaos im   Schrank perfekt war.

Mein Vater hatte die Angewohnheit unser Zimmer manchmal zu kontrollieren, wobei er auch nicht vergaß, in die Schränke zu schauen. Was er da zu sehen bekam, gefiel ihm absolut nicht.

Kamen wir aus der Schule nach Hause, lagen alle unsere Kleidungsstücke auf einem Haufen mitten in unserem Zimmer, die Sachen von meiner Schwester und mir total durcheinander.

Mama mit uns Mädchen, rechts Helga

Unser Nachmittag bestand nun darin, zu sortieren, zu bügeln und zusammenzulegen. Bei der späteren Kontrolle meines Vaters sah er es am liebsten, wenn wir unsere Stapel Wäsche noch mit Bändern zusammengefasst hätten.

Ganz so genau wie bei der Marine nahm mein Vater es dann glücklicherweise nicht, aber er musste uns jedes Mal wieder erzählen, dass seine Vorgesetzten mit einem Lineal die Größe der Wäschestapel nachgemessen hätten.

So richtig genützt hatte die Aktion meines Vaters allerdings nicht, denn wirklich ordentlich wurden wir erst sehr viel später.

Unsere Oma

M eine Oma war auch so ein Kapitel für sich. Sie hatte nun ihre kleine Wohnung bei uns im Haus. Eine kleine Küche ermöglichte es ihr auch selbst zu kochen. Doch das ließen ihre drei Töchter nicht zu.

So begann denn Omas Tag damit, dass sie von einem Haus zum anderen spazierte und guckte, was es jeweils zum Essen gab. Damit standen ihr immer drei Gerichte zur Auswahl.

Hatte Tante Herta etwas ganz besonderes anzubieten, hängte sie ein weißes Tuch sichtbar für Oma auf.

Oma mit ihrer jüngsten Tochter Herta

Oma war für uns Enkelkinder immer da. Zu früh war sie mit knapp 50 Jahren schon Witwe geworden.

Sie verwaltete unser Spargeld. Für ihre inzwischen acht Enkelkinder hatte sie ein kleines Buch angelegt, in das sie die Namen eintrug. Jeder gesparte Pfennig wurde eingetragen und in einer Blechdose für uns aufbewahrt.

Sie war eine kleine rundliche Person. Meist trug sie über ihrer Kleidung eine dunkelblau-weiß gemusterte Schürze. War sie auf der Wanderung zwischen den Grundstücken ihrer Töchter, hatte sie die Angewohnheit, ihre Hände in diese Schürze einzurollen und vor den Bauch zu halten.

Als Helga ständig auf dem Rückweg von der Schule von Mitschülerinnen gehänselt und in den Graben geschubst wurde, versteckte sich Oma in den Büschen, um die Kinder dabei zu erwischen. Anschließend las sie ihnen ordentlich die Leviten. Nie wieder versuchten die Kinder es, sich mit Helga anzulegen.

Obwohl meine Oma kein Wort Englisch verstand, ließ sie es sich nicht nehmen, Vokabeln mit mir zu üben. Wir saßen in der Küche, und hatten viel Spaß, wenn sie an der englischen Aussprache scheiterte.

Als Oschi Jahre später eine Freundin hatte, kam er eines Nachts nicht nach Hause. Oma schlich in sein Schlafzimmer, welches inzwischen in dem ehemaligen Hühnerstall war, und zerwühlte das Bett, um meine Eltern zu täuschen.

Eines Tages luden Helga und ich zwei unserer Freunde zum Kaffeetrinken zu uns nach Hause ein. Wir wussten, dass unsere Eltern einen Besuch machen wollten. Unsere Oma war eingeweiht und hielt von ihrem Fenster im Obergeschoss Ausschau. Als meine Eltern in Sicht waren, warnte sie uns. Schnell räumten wir auf, und als meine Eltern kamen, standen wir alle harmlos plaudernd zusammen mit meiner Oma im Garten.

Oma holte auch meine Post aus dem Briefkasten und gab sie mir, bevor mein Vater sie in die Hände bekam und wieder seine ironischen Sprüche loswerden konnte. Er hätte niemals meine Briefe geöffnet, doch er erwartete, dass ich ihm erzählte, was drinnen stand.

Was das andere Geschlecht betraf, war mein Vater sehr streng. Ausgehen durften Helga und ich nur in Begleitung unseres großen Bruders. Das machte uns jedoch trotzdem Spaß, denn der hatte sehr viele Freunde.

Im Grunde genommen haben wir uns sehr spät für „Jungen" interessiert. Wir hatten genug Abwechslung und Spaß zuhause.

Die Etagenbetten waren inzwischen von zwei Schlafsofas für Helga und mich ersetzt worden, so konnte man tagsüber die große Schiebetür zum Wohnzimmer öffnen und hatte für unsere große Familie mehr Platz.

An einem Abend, wir lagen gerade im ersten Schlummer, begann vor unserem Fenster ein fürchterlicher Lärm. Wir saßen senkrecht im Bett und horchten.

Mein "großer" Bruder Oschi (der Schwarm all meiner Freundinnen)- im Hintergrund das Haus von Tante Herta

Es wurde wieder still. Wir legten uns wieder hin. Nach einer Weile erneut: *Geschepper-Geschepper-Geschepper.* Inzwischen waren wir hellwach. Auch meine Eltern wurden auf den Lärm aufmerksam. Wir rannten alle raus. Papa mit einer Taschenlampe und im Pyjama in den Büschen, Mama im Nachthemd daneben, und wir Schwestern ebenfalls in unseren kurzen Hemden ängstlich in der Haustür.

„Dieser Bengel, na, der wird was erleben!" rief mein Vater und hielt ein Gebilde aus leeren Blechdosen in die Höhe. Daran war ein langes Seil, das bis zum Zimmer meines Bruders Oskar reichte. Je nach Lust und Laune zog er an dem Seil und erschreckte uns fürchterlich.

Manchmal versteckten Helga oder ich einen Apfel unter unserem Kopfkissen. Hatte man sich gerade schön eingekuschelt, begann der andere den Apfel zu essen. „Knack, knirsch, schmatz, schmatz." Wir beide hassten dieses Geräusch des Apfelessens. Mir stellten sich die Haare an den Armen auf, und es trieb mir die Tränen in die Augen. Schlimmer war nur ein quietschendes Stück Kreide an der Wandtafel in der Schule.

„Bist du bald fertig mit deinem Apfel?"

„Ja, gleich", kam die Antwort.

Endlich Stille. Ein Gewühle im anderen Bett und schon wieder ging es los.

„Knack, knirsch, schmatz, schmatz."

„Ich dachte du bist fertig mit dem Apfel?"

„ Ja, mit dem einen, aber ich habe hier noch einen."

Helga und ich im
"Freibad Farmsen"

Warum zanken sich die meisten Schwestern? Es muss eine Katastrophe für meine Mutter gewesen sein. Wenn wir abwaschen mussten, flogen die nassen Abwaschlappen durch die Küche, und es ging auch schon mal was zu Bruch. Sobald wir aber aus dem Haus waren, hielten wir zusammen wie Pech und Schwefel. Helga hatte da einen ganz ausgeprägten Beschützerinstinkt. Einmal bekam ich in der Badeanstalt einen Ball auf die Nase, die sofort zu bluten begann. Helga fackelte nicht lange, sondern ging gleich auf den Verursacher los.

Rolf war immer unser „kleiner" Bruder und durfte deshalb auch an vielen unserer Unternehmungen nicht teilnehmen. Das muss ihn ungeheuer geärgert haben, denn eines Tages beschloss er, es seinem „großen Bruder" heimzuzahlen. Meine Eltern waren zu Besuch bei Bekannten und Oschi musste in der nächsten Stunde eintreffen. Rolf befestigte also mit einem komplizierten Verfahren einen mit Wasser gefüllten Eimer oberhalb der Haustür. Erwartungsvoll feixend lag er auf der Lauer. Doch leider kamen meine Eltern schneller als gedacht zurück. Papa schloss die Tür auf und ließ höflicherweise meiner Mutter den Vortritt. Was dann geschah, ist leicht vorzustellen. Doch nach dem ersten Schrecken gewann der Humor meiner Eltern Oberhand und es folgte außer einer Rüge auch keine weitere Strafe.

Inzwischen war die Johannsen-Koppel ein Schreberverein e.V. geworden. Da fast alle Vereine eine Jugendgruppe hatten, durften wir nicht nachstehen, und bildeten auch eine. Wir bastelten, sangen, lernten Blockflöte spielen und studierten Theaterstücke ein.

Die Theaterstücke fanden großen Anklang. Wochenlang studierten wir den Text ein. War dann endlich der Abend der Aufführung gekommen, war der Saal, den man uns zur Verfügung gestellt hatte, proppevoll.

Bald waren wir so viele Kinder, dass man die Gruppe teilen musste. Ich begann mich also, um die Kleinen zu kümmern.

In einem Jahr wollten wir das Märchen „Schneewittchen und die sieben Zwerge" aufführen. Die Rollen für die Großen waren wie jedes Jahr verteilt. Oschi der Prinz, Helga oder ich die Prinzessin. Der Prinz mit einer Krone aus Silberpapier im Haar und einem Umhang aus einer alten Übergardine, die Prinzessin im weißen Nachthemd, drapiert mit Mutters Tischdecke. Damit wir schöne lockige Haare bekamen, schliefen wir in der Nacht zuvor auf Lockenwicklern aus Blech.   Nun wollten aber alle meine Kleinen mitmachen und Zwerge sein. Ich hatte aber 11 Kinder. Damit nun alle mit auf der Bühne stehen konnten, änderte ich den Titel in „Schneewittchen und die elf Zwerge" ab. Die Texte wurden nun auf alle Zwerge verteilt, und die ganz Kleinen standen einfach nur stumm mit auf der Bühne. Die Kinder waren glücklich, die Eltern stolz, und ich zufrieden, dass alles so gut geklappt hat.

Unsere "geblümte" Familie, Mama, Helga , Rolf und ich

Meine Eltern fuhren einige Male mit der Jugendgruppe in die Lüneburger Heide zum Zelten. Unser Platz lag direkt an der Seeve. Wir hatten keine sanitären Anlagen. Gewaschen und Geschirr gespült wurde in dem kleinen Fluss. In einem Gebüsch wurde unser Freiluft-WC aufgestellt, ein „Donnerbalken".

Die Seeve ist eiskalt, und bis auf eine Stelle ziemlich flach. Und aus dieser tiefen Stelle rettete Helga einmal einen kleinen Jungen vor dem Ertrinken. Er war mit seinen Großeltern zu Besuch gekommen.

Die Großeltern waren Helga so dankbar, dass sie ihr eine Armbanduhr, das Buch „Heideschulmeister Uwe Carstens" und einen Bildband über Rembrandt schenkten. Die Uhr war wohl das tollste Geschenk, das man damals bekommen konnte.

Elvis & Co.

Eines Tages kaufte mein Vater ein gebrauchtes Radio, und stellte es in die Küche. Von diesem Augenblick an machten wir unsere Hausarbeiten nach Möglichkeit nur noch dort, und zwar bei lauter Musik.

„So kann man doch überhaupt nicht nachdenken", sagte meine Mutter.

„Und dann überhaupt, was ist das für eine Musik? Hottentottengeschrei, wie aus dem Urwald".

Wir hatten zu dem Zeitpunkt einen ziemlichen Kampf gegen alle Erwachsenen und für die Musik von Elvis Presley mit seinem *Heart break Hotel*, Bill Haley mit seinem *Rock around the clock* oder Buddy Holly mit seiner *Peggy Sue* auszufechten. Wir liebten diese Rhythmen. Später verlegten wir sogar einen Lautsprecher in den Garten. So konnten Oschi und ich auf dem Rasen Rock`n`Roll üben. Dort fiel ich weich, wenn Oschi mich beim Überschlag fallen ließ.

Selbst in Amerika tobte ein Kampf gegen die Art dieser Musik. Frauenverbände kämpften gegen „den Verfall der Sittlichkeit". Elvis hatte die ersten Filme auf die Leinwand gebracht, und zu seiner Musik und dem Gitarrespielen noch einen gewagten Hüftschwung hinzugefügt.

Während wir in Elvis-Filme gingen, sahen sich meine Eltern „Grün ist die Heide" mit Sonja Ziemann an.

Zum Konfirmandenunterricht fuhren wir mit der Hochbahn nach Dehnhaide. Inzwischen waren die Bahnen nicht mehr so voll. Einige Jahre zuvor hatte ich miterlebt, dass eine Scheibe aus dem Rahmen gedrückt wurde, weil der Wagen total überfüllt war.

Oschi war vor zwei Jahren konfirmiert worden.

Nun sollte ich eingekleidet werden. Ein dunkelblaues Taftkleid mit Rüschen, ein Hüftgürtel für die ersten langen Strümpfe und ein Büstenhalter, obwohl ich erst erbsengroße Brüste hatte. Aber diese Kleidungsstücke gehörten zum traditionellen Outfit einer Konfirmandin.

Das Kleid musste ich sehr schonend behandeln, und ich

Anna-Christa 1953

durfte es auch nur an diesem einen Tag tragen.

Meine Eltern mussten noch sehr sparsam sein, und da Helga im nächsten Jahr Konfirmation hatte, sollte sie dieses Kleid auch noch tragen. Sie hatte sich selbst dafür entschieden, denn sie durfte sich anstelle eines neuen Konfirmationskleides ein Kleid für ihre beginnende Lehre in einer Versicherung aussuchen.

Die Geschenke zu diesem Ereignis bestanden hauptsächlich aus Unterröcken, baumwollenen Garnituren,

Helga 1954

Sammeltassen gefüllt mit Pralinen und Blumentöpfen in Hülle und Fülle.

Manchmal gab es auch etwas für die Aussteuer: Tischdecken, Handtücher usw.

110

Der Ernst des Lebens beginnt

Inzwischen hatte ich die Schule mit der mittleren Reife abgeschlossen und eine Lehre als „Teilzeichnerin" bei der *Deutschen Philips GmbH* begonnen. Endlich durfte ich meine langen dünnen Zöpfe abschneiden, und mir eine Dauerwelle verpassen lassen. Vorher war mein Vater unerbittlich:

„Die Haare bleiben dran, ein Pony kommt überhaupt nicht in Frage und geschminkt wird sich auch nicht, oder willst du aussehen wie eine „*Mietsche*?"

Was das war, haben wir uns auch nur zusammengereimt.

Sobald ich aber unseren langen Gartenweg hinunter und hinter der Hecke war, pinselte ich mir natürlich die Lippen an, und bevor ich nach Hause kam, wischte ich alles wieder runter. Sehr oft stand Helga für mich Schmiere.

Für 50 DM Lehrlingsgehalt im Monat sollte ich nun Technisches Zeichnen lernen.

Außerhalb meiner Familie war ich ein schüchternes Mädchen. Wahrscheinlich mochten mich deshalb auch meine Ausbilder. Von mir war ja kein Widerspruch zu erwarten. Vieles wäre später anders verlaufen, wenn ich auch mal aufgemuckt hätte. Aber das Ziel meiner Eltern war es, mit niemandem Streit zu haben. Dafür konnte man auch ruhig mal einstecken. Friede, Freude, Eierkuchen. Innerhalb der Familie mag das gut sein, aber für das tägliche Leben ist es dann doch zu unrealistisch.

Ich lernte elektro-akustische Stromlaufpläne zu zeichnen, saß tagelang an meinem Platz und übte Normenschrift, schön schräge im Winkel von 75 °, lernte mit ein und demselben Bleistift Striche in verschiedenen Stärken zu ziehen.

Den zwei Zeichnerinnen und zwei Ingenieuren, mit denen ich in einem Raum saß, ist es zu verdanken, dass ich gerne lernte. War der Chef außer Haus, und das Wetter war schön, schickten sie mich zum Spazierengehen in der Sonne an die Alster

Auf meine Lehrzeit kann ich mit Vergnügen zurückblicken.

Um die akustischen Geräte zu testen gab es ein Studio mit gepolsterten Türen und gemütlichen Sesseln. In diesem Raum zu sitzen und Geräte in „räumlicher Darstellung" zu zeichnen, machte mir großen Spaß.

Philips hatte zu dem Zeitpunkt eine große Anzahl von kaufmännischen Lehrlingen. Ich war der erste Zeichenlehrling.

Im Levantehaus in der Mönckebergstraße in Hamburg war außer dem Fahrstuhl auch noch der Paternoster in Betrieb. Fuhren wir mit mehreren Lehrlingen zum Essen in die obere Etage, sprangen wir so spät wie möglich aus dem Paternoster heraus, sodass die hinter uns stehenden über den Boden fahren mussten. Kamen sie dann endlich in den Speisesaal, hatten wir schon unser Essen vor uns auf dem Tisch stehen.

Manchmal besuchten uns auch ausländische Lehrlinge.

Pierre war ein gut aussehender, dunkellockiger Franzose, der ständig Pfeife rauchte. Sollte ihn wohl etwas männlicher machen. Er sprach kaum Deutsch, und wir versuchten, ihm so viel wie möglich beizubringen. Von allen Dingen, die er sah, sagten wir ihm das deutsche Wort.

Eines Tages zeigte er auf seine Pfeife.

„Rotzkocher", sagte einer der Lehrlinge. Bevor wir ein Veto einlegen konnten, hatte Pierre das Wort wiederholt, und es dauerhaft seinem Sprachschatz hinzugefügt. Später, wenn er dieses Wort benutzte, hatte es sogar einen gewissen Reiz, wenn es mit französischem Akzent ausgesprochen wurde.

Einmal in der Woche musste ich zur Berufsschule. Dort wurde jedoch Zeichnen für den Maschinenbau unterrichtet. Meine Mitschülerinnen waren samt und sonders in Firmen, die Maschinen konstruierten und herstellten, beschäftigt.

Wie sollte ich meine Prüfung bestehen, wenn ich nur Stromlaufpläne zeichnete? Ich fasste mir ein Herz und ging zum Lehrlingsbetreuer. Als ich mit ihm über das Dilemma bezüglich meiner Ausbildung gesprochen hatte,

Anna-Christa /Ja, ich!), techn. Zeichnerin 1955

setzte dieser sofort alle Hebel in Bewegung, um Abhilfe zu schaffen.

Daraufhin kam ich für vier Monate in die Lehrwerkstatt der *Valvo* in Eimsbüttel, einer Tochterfirma der *Deutschen Philips GmbH*.

Der kleine, rundliche Meister in seinem Glaskasten, mochte mich und machte mir dadurch den Einstieg leicht.

Da kam ich nun in eine Werkstatt mit ca. 20 männlichen Lehrlingen. Aber ich gab mir einen innerlichen Ruck und wagte es, die Jungen anzusprechen. Damit war das Eis gebrochen. Ich bekam die gleichen Aufgaben und hatte nach zwei Tagen riesengroße Blasen vom Feilen an den Händen.

Meine erste Arbeit war es, einen Eisenklotz auf ein Hundertstel Millimeter genaues Maß zu bringen. Gemessen wurde erst mit der Schieblehre, danach mit der Mikrometerschraube. Die Genauigkeit war nicht mein Problem, aber das Abfeilen der gröberen Menge- doch sobald der Meister die Werkstatt verließ, kam der eine oder andere ältere Lehrling und feilte mir ein paar Millimeter vom Klotz herunter.

Ich lernte dort, auf einem Amboss ein „S" aus einem Streifen Eisen zu hämmern, Anreissstifte zu härten, Löcher in Metall zu bohren, Gewinde zu schneiden, Eisenteile zu hobeln, Blech und Rohre zu biegen, kurz: fast alles, was zur Ausbildung eines metallverarbeitenden Berufs gehörte.

Ich hatte soviel Spaß an der Arbeit, dass mir der Ausbilder riet, doch noch eine Lehre als Werkzeugmacher zu machen. Aber das war doch des Guten zu viel. Ich bestand meine Abschlussprüfung und wurde von der Firma *Deutsche Philips GmbH* ins Angestelltenverhältnis übernommen.

Mein Anfangsgehalt betrug 275 DM.

In der Lehrwerkstatt hatte ich mich mit Peter angefreundet. Sein Vater hatte eine Apotheke in Meiendorf. Wir verbrachten unsere gesamte Freizeit miteinander. Peter hatte die Absicht, nach der Lehre für zwei Jahre zu seinem Onkel nach Amerika zu gehen

„Meinst du etwa der wartet auf dich?", mein Vater konnte seine Sticheleien nicht unterlassen. Unentwegt sprach er von dem „Pillendreher". Letztendlich schaffte er es, dass ich mich nach zwei-jähriger Freundschaft von Peter trennte. Dieser ist dann auch nach Amerika gegangen und ich habe nie wieder etwas von ihm gehört.[4]

Keiner meiner Freunde entsprach der Vorstellung meines Vaters. Er wartete auf den Märchenprinzen für mich.

Das ich letztendlich den Mann heiratete, der am wenigsten seiner Vorstellung entsprach, mochte unbewusst eine Trotzreaktion von mir gewesen sein.

Doch das kam erst später.

---

[4] Siehe Anhang Seite 120

Zur gleichen Zeit hatte Helga ihre Ausbildung beendet. Oschi war inzwischen Elektro-Mechaniker und studierte an der Abendschule Elektro-Ingenieur.

Natürlich gaben wir Geld bei unseren Eltern ab, doch es blieb genug für uns übrig, Helga kaufte sich Aussteuer, und ich die spitzesten und höchsten Schuhe, die ich finden konnte. Mein Vater meinte immer, dafür bräuchte ich einen Waffenschein.

Inzwischen hatte mein Vater die Dienststelle gewechselt und arbeitete nun nachts im „Pik As", einem Obdachlosenasyl für Männer in Hamburg. Er hatte diesen Dienst angenommen, damit er tagsüber noch einige Stunden bei einem Autoverkäufer arbeiten konnte. Mein Vater war sehr strebsam und fleißig.

Unsere Kleider nähten wir zum großen Teil selber. An einem Sonnabend wollten Oschi und ich zum Tanzen gehen. Am Freitagabend stellte ich fest, dass ich nichts anzuziehen hatte. Also fuhr ich am Sonnabendmorgen „nach Hamburg" und kaufte mir einige Meter grauen Kleiderstoff. Dazu ein schlichtes Schnittmuster für einen weiten Glockenrock. Als besonderes Highlight hatte ich mir eine rote, samtene Spinne zum Anstecken geleistet. Das Kleid wurde auch rechtzeitig fertig, natürlich war innen nichts versäubert, aber das sah man ja nicht. Doch zu meinem großen Schrecken hatte ich vergessen, einen Reißverschluss zu kaufen. Was nun? Kurz entschlossen drückte ich Helga Nadel und Faden in die Hand.

„Du musst die Naht zunähen." Gesagt, getan. Ich zog das Kleid an, drehte mich um, und Helga nähte die hintere Naht gewissenhaft zu. Nun noch die große Spinne an den Ausschnitt gesteckt, und in meine roten, spitzen Schuhe mit den hohen Pfennigabsätzen geschlüpft.

Die Naht hielt auch die ganze Nacht, doch als ich nach Hause kam, schlief meine Schwester schon. Und um wieder aus dem Kleid zu kommen, musste ich sie wecken.

Und dann machte meine Mutter mit uns beiden Mädchen zum ersten Mal Urlaub. Wir fuhren mit dem Zug nach Fehmarn und hatten ein Dreibettzimmer in einem Haus, in dem Särge hergestellt wurden. Bei Wind und Wetter gingen wir zum Strand, denn wir hatten eine Schlechtwetterzone erwischt. Am Abend ging es dann fein herausgeputzt zum Tanzen. Meine Mutter konnte sich über Tänzer nicht beklagen. Helga und ich waren sehr stolz auf sie. Es war ein wunderschöner Urlaub.

Gerade saßen wir drei Großen so ziemlich fest im Sattel, verdienten unser eigenes Geld und wohnten noch immer bei unseren Eltern, da nahm mich mein Vater eines Tages im Sommer 1957 zur Seite.

„Pass bitte auf, dass deine Brüder nicht mehr so sehr mit eurer Mutter herum toben!" Ich befürchtete das Schlimmste. Etwas verlegen teilte mein Vater mir dann mit, dass demnächst Nachwuchs zu erwarten sei.

Wir drei jüngeren freuten uns wie die Schneekönige.

Mein kleiner Bruder Thomas
An seinem 1. Geburtstag

Oskar hatte schon eine feste Freundin, und deshalb war ihm das etwas peinlich.

Am 10. März 1958 erblickte unser kleiner Nachkömmling

T h o m a s

das Licht der Welt.

Ich war gerade 20 Jahre alt geworden.   Er wurde zum Glück in eine ziemlich heile Welt hinein geboren. All dass, was unsere Eltern uns anderen nicht geben konnten, kam nun dem Kleinen zugute.

Helga und ich übernahmen die Patenschaft.

Wir verwöhnten ihn nach Strich und Faden. An arbeitsfreien Tagen schlichen wir, bevor die anderen aufwachten, in das Schlafzimmer meiner Eltern und holten das Baby in unsere Betten, nachdem wir es gewickelt und gefüttert hatten.

In unserer Freizeit, sei es auf Ausflügen oder zum Schwimmen, war Thomas immer dabei, umgeben von der großen Schar unserer Freunde. Das ging so weit, dass man in der Nachbarschaft lange rätselte, ob Helga oder ich die Mutter wären.

Zusehends veränderte sich auch das Aussehen unseres Elternhauses. Ständig wurde etwas erneuert, geändert oder verbessert.

Im Laufe der Zeit machte es sich nun doch bemerkbar, dass das Haus mit alten und minderwertigen Materialien gebaut worden war. Neue Dachziegel wurden nötig, die Fenster wurden ausgetauscht. Die Fußböden mussten

Unser Haus ca. 1958 - Mama mit ihren erwachsenen Töchtern

erneuert werden. An den Eingangsbereich wurde eine Veranda mit einem Balkon angebaut. Die vormals tristen, grauen Außenmauern des Hauses erstrahlten nun in leuchtendem Weiß.

Unser Haus stand hinten im Garten, und war nur über den 60m langen Gartenweg zu erreichen. Zur Strasse hin begrenzte eine Hecke unser Grundstück. Die Eingangspforte wurde flankiert von zwei großen Rotdorn-Bäumen. Im Frühjahr ein prachtvoller Anblick: Die weiße Hecke, die roten Bäume und die zu beiden Seiten des Gartenweges blühende orangefarbene Kapuzinerkresse. Wir fanden unseren Gartenweg wunderschön, unsere Besucher weniger. Vermuteten sie doch, und das mit Recht, dass sie schon von der Pforte aus von der gesamten Familie begutachtet wurden.

Endlich begannen wir das zu genießen, wofür wir so viele Entbehrungen auf uns genommen hatten.

Inzwischen waren meine Eltern auch stolze Eigentümer des Grundstückes geworden.

….und dann kauften meine Eltern statt eines Klaviers einen gebrauchten Goliath.

Meine Mutter mit Thomas und "Goliath" 1958

Es ging aufwärts!!

Anhang:

1. <u>Seite 20</u>

Als ich 2008 die Ballinstadt im Hamburger Hafen
besichtigte, hatte ich die Möglichkeit, die
Passagierlisten der Auswanderer durchzusehen. Und
tatsächlich bin ich jetzt im Besitz einer Kopie der
Passagierliste, aus der hervorgeht, dass mein Onkel
1929 mit der „S.S. Deutschland" nach Amerika fuhr.

Otto Kindel

2. Seite 38

2008 hat man auf dem Dorf-Friedhof von Friesdorf einen Gedenkstein für DR. Johannes Lepsius uns seine Ehefrau eingeweiht.

3. Seite 39

1998 besuchte ich Friesdorf und traf dort auf eine Frau Birnstiel, die sich noch gut an meine Mutter erinnern konnte. „Eine hübsche, freundliche Frau mit ihren vier kleinen Kindern. Ich habe sie sehr bewundert in dieser harten Zeit." Sie konnte sich sogar noch an die Namen meiner Geschwister und meiner Cousins erinnern.

4. Seite 114

Durch eine Suchmaschine im Internet habe ich nach 50 Jahren meinen ersten Freund Peter wieder gefunden. Er hat sich tatsächlich seinen amerikanischen Traum erfüllt. Durch viel Arbeit und Ausdauer ist er recht erfolgreich geworden und genießt jetzt sein verdientes Rentnerleben in Michigan/USA.
Von Zeit zu Zeit gehen e-mails zwischen uns über den großen Teich.
So hat auch dieses Kapitel sein loses Ende gefunden.